書下ろし

千両船

幕末繁盛記・てっぺん②

井川香四郎

祥伝社文庫

目次

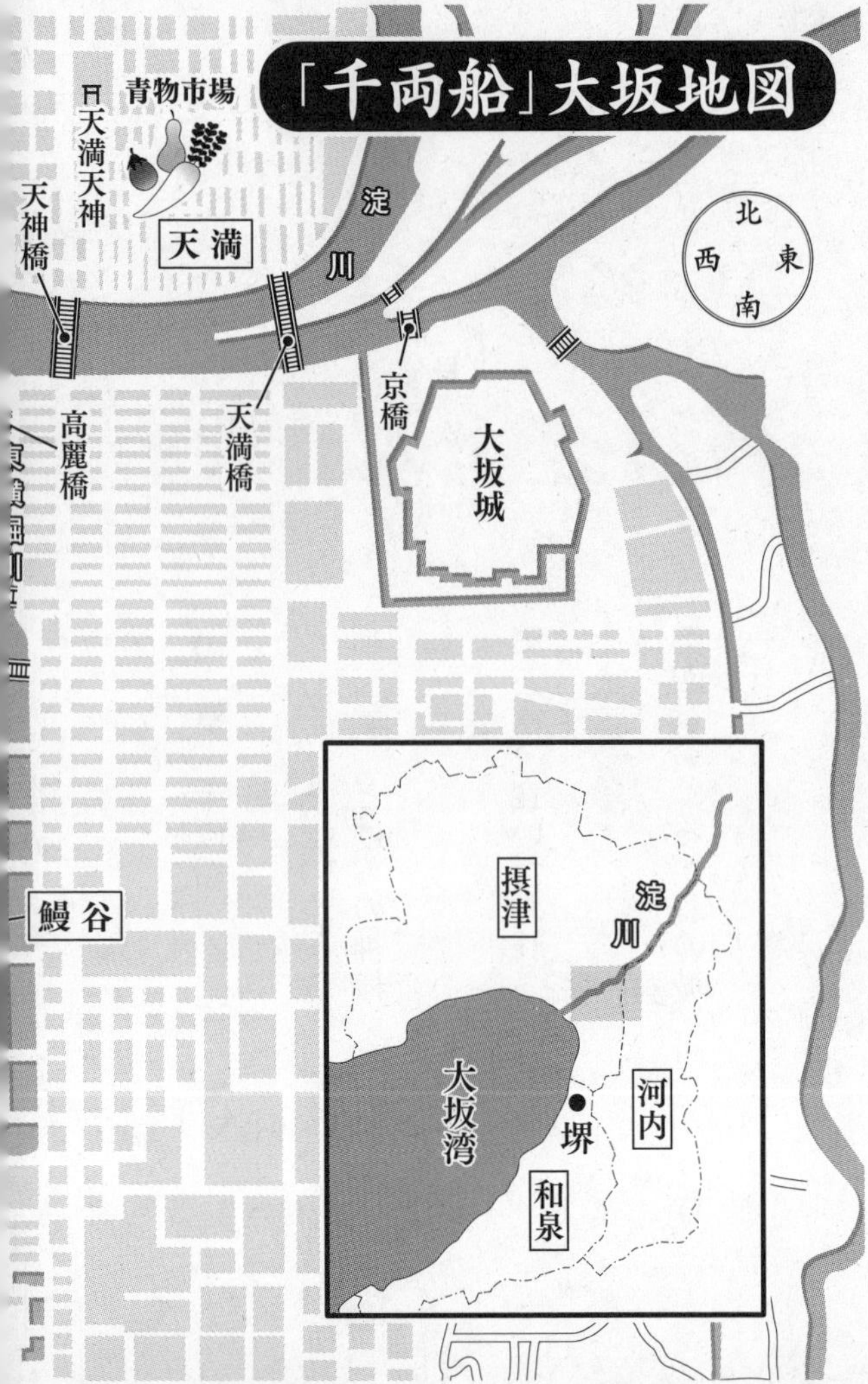
「千両船」大坂地図
青物市場
天満天神
天神橋
天満
淀川
北
西
東
南
京橋
天満橋
高麗橋
大坂城
鰻谷
摂津
淀川
河内
大坂湾
堺
和泉

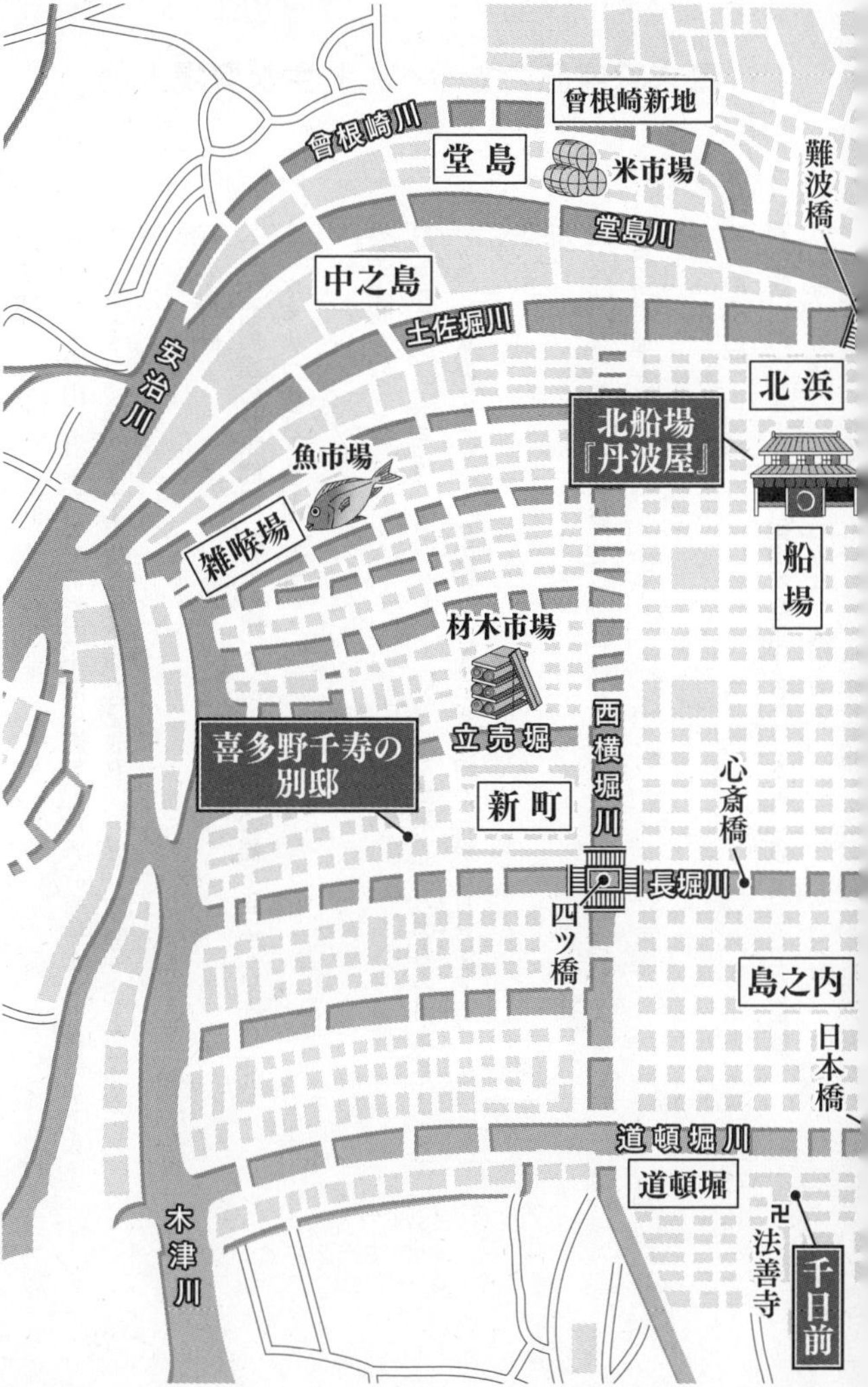
曾根崎新地
曾根崎川
堂島
米市場
難波橋
堂島川
中之島
土佐堀川
安治川
北浜
北船場
『丹波屋』
魚市場
雑喉場
船場
材木市場
西横堀川
立売堀
喜多野千寿の
別邸
新町
心斎橋
長堀川
四ツ橋
島之内
日本橋
道頓堀川
道頓堀
法善寺
千日前
木津川

#「幕末繁盛記・てっぺん」主な登場人物

鉄次郎《てつじろう》
四国の別子《べっし》銅山で掘子をしていた二十歳の若者。濡《ぬ》れ衣《ぎぬ》を着せられ身一つで大坂へ出てきた。朗らかで鷹揚な性格を見込まれ、一転、大店《おおだな》の主《あるじ》となるが…。

徳右衛門《とくえもん》
大坂・北船場《きたせんば》の材木問屋『丹波屋《たんばや》』の主。鉄次郎の器を見込んで奉公させ、主になるよう遺言を残して死去。

季平衛《きへえ》
『丹波屋』の一番番頭。店のためにと散財した結果、三万両もの借金を作っていた。鉄次郎が主になったのが気に入らず、何かと嫌がらせをする。

研市《けんいち》
鉄次郎の三つ年上の幼馴染《おさななじ》み。怪しげな儲《もう》け話ばかり持ち込む厄介者で、奉行所に追われている。

三善清吉《みよしせいきち》
別子銅山の口屋手代で、銅山を経営する住友《すみとも》本家『泉屋《いずみや》』とも親戚筋。鉄次郎と好き合っていたおみなを嫁にする。

第一章　千両船

一

くっきりと浮かんだ満月に向かって、煌《きら》びやかな花火がドドンと打ち上がった。大空に見事に散る〝しだれ柳〟を、船上の客は首が折れるほど見上げて感嘆の声をあげた。

大坂の瀬戸内海への玄関口にあたる難波津《なにわづ》には大小、無数の船が漕《こ》ぎ出ていて、提灯《ちょうちん》のあかりが星のように煌めいていた。人々は空の花火と、鏡のように映る海面の花火の両方を楽しんでいた。この年——安政《あんせい》四年（一八五七）の夏には、異国船を警戒して、大坂湾に流れ込む木津川《きづがわ》や安治川《あじがわ》の河口には、台場が造られて物々しかったが、今宵《こよい》はちがう。

「おお！　見事に咲いた、咲いた！」

「うわあ、綺麗やなあ！」

「散る姿もまた、ええもんや」

「さあ、どんどん打ち上げてくれ、さあさあ！」

金栄丸《きんえいまる》という千石船《せんごくぶね》の客たちは、諸手《もろて》をあげて喜んでいた。いずれも豪商の風格のある顔つきの人ばかりで、三十人ばかりいようか。まだ昼間の暑さの余韻があるというのに、紬《つむぎ》の着物も涼しげで、傍《かたわ》らには芸者衆をはべらせている。

周りの〝花火見物船〟と比べれば要塞《ようさい》のように見えるこの千石船は、北浜《きたはま》の両替商『堺屋《さかいや》』が所有しているものである。自前の大船を持つということは、富豪であることを意味していた。

『堺屋』は大名の年貢米を換金することも請け負っていたから、現物の米を北前船《きたまえぶね》のように、酒や塩とともに北国に売り捌《さば》き、帰りに鰊《にしん》や昆布《こんぶ》などの海産物を大坂に持ち帰って卸《おろ》していたのだ。

今宵はその船で、花火見物をしながらの〝大黒講《だいこくこう》〟を執《と》り行っていたのだ。〝大黒講〟とは、資産がおおむね銀二千貫目を超える長者と呼ばれる商人たちの寄合のことである。豪商たちは、大名貸しという金融業も営んでいるから、何処《どこ》の藩が危ないとか、踏み倒すのではないかなどと、仲間内で情報を交換するのだ。

この船上の寄合には、恰幅《かっぷく》のよい大坂城代の土屋采女正《つちやうねめのしょう》も同乗していた。常陸土浦藩《ひたちつちうらはん》の藩主で、奏者番や寺社奉行を経て、大坂に来たのだが、水戸《みと》の徳川斉昭《とくがわなりあき》の従兄弟《いとこ》であるから、幕府への影響も強かった。ゆえに、幕府の直轄領である大坂の公儀普請についても、口出しできる立場にあった。

しかも、大坂城代の務めは本来、西国大名の監視と大坂城の警護だが、地位は〝城主並み〟であったから、まるで大坂が自分の領地であるかのように振る舞っていた。その上、大坂城代の任期の間は、大坂に近い播磨国《はりまのくに》などに二万石程度の領地を与えられるので、自藩の財政を補うほど懐《ふところ》も潤《うるお》った。

加えて、大坂中の豪商から接待を受ける。いつの世も、お上からの事業を請け負うと大きな儲《もう》けになるので、資金に余裕のある商人は、城代に気に入られようとするのだ。逆に、財政難続きの大名とすれば、融通を期待することもできるから、持ちつ持たれつの関わりが続くのだ。

「なるほど。江戸の隅田川《すみだがわ》の花火もいいが、大坂の淀川《よどがわ》の花火も負けず劣らず、なかなかのものじゃな……」

芸者の扇子《せんす》で涼みながら、上座の土屋が満足そうに微笑《ほほえ》むと、傍らに控えている河豚面《ふぐづら》の『堺屋』主人の文左衛門《ぶんざえもん》も心地よさそうに、遠くの篝火《かがりび》に浮かぶ大坂城を眺めながら、

「それなりに金がかかってますよって。特に今宵は、まだまだ面白《おもしろ》い試みがありますさかい、お殿様にはどうぞ、心ゆくまで楽しんで貰《もら》いとう存じます」

土屋のことを、城代様ではなく、お殿様と呼ぶのは、大坂の城主であるかのように

持ち上げるためである。土屋も、さながら豊臣秀吉《とよとみひでよし》の気分にでもなったか、ご機嫌だ。

「面白い試み、とな」

「はい。そろそろだと思います」

文左衛門がそう言いながら、杯《さかずき》を口にしたときである。

——ドドドン、バリバリ、ズン、ドドドドン、バリバリ！

と奇天烈《きてれつ》な爆音をさせて、不思議な仕掛け花火が間近で花開いた。土屋が驚愕して、仰《の》け反《ぞ》るほどであった。

船のすぐ目の前に、噴水のような火花が燃え上がり、色とりどりの光の幕ができるや、今度は滝のように海面に吸い込まれる。一瞬だけ暗くなると、猛烈な炸裂《さくれつ》音とともに、また別の所で鮮やかな色合いの花火の錦絵《にしきえ》のような紋様の光が、空に広がった。そして、鼠花火のようにぐるぐる廻りながら、闇の中に溶け込んでいくのだ。

そんな目映《まばゆ》い情景が、はらわたを揺らすほどの音とともに何度か繰り返された後に、火薬の臭いを含んだ煙が晴れると、松明《たいまつ》を掲げた三十石船が現れた。その舳先《へさき》には、七福神に扮装した者たちが、白い福袋を抱えて立っている。〝宝〟の文字のある帆や舵《かじ》を操る水夫《かこ》の姿も見える。

「エイサー、ホイサー、ヤットレ、ドットコ、エイサー、ホイサー」

宝船が金栄丸に近づいてくるのを見た土屋の警護の侍たちは、怪しげな船だと思って、大声で手を振りながら、

「近づいてはならぬ！　向こうへ行け！」

と怒鳴った。が、松明に浮かぶかのような宝船は、穏やかな波の上を滑《すべ》ってくる。

侍たちがさらに警告の声を発したとき、文左衛門は笑いながら、

「いいのです、いいのです。あの者たちは私が呼んだのです」

「そうなのか？」

驚いた土屋に、文左衛門は頭を下げて、

「お殿様を楽しませようと思った趣向です。あの者たちが、今の仕掛け花火を考えたのです。如何《いかが》でございましたか」

「あいや、見事であった」

他の客たちも感激している間に、金栄丸に接舷《せつげん》した宝船から、七福神が乗り込んできた。

恵比寿《えびす》に扮していたのは、萬請負問屋《よろずうけおいどんや》『恵比寿屋』の主人・角兵衛《かくべえ》で、大黒天に化けていたのは、材木問屋『丹波屋《たんばや》』を継いで一年足らずの若主人・鉄次郎《てつじろう》であっ

た。日焼けした顔に屈強な体つきは相変わらずで、祭り騒ぎの割には緊張の面持《おもも》ちである。しかし、その凜《りん》とした目には、どこか人を惹《ひ》きつける力強さがあり、キリッとした口元は意志の堅牢さを物語っていた。

毘沙門天《びしゃもんてん》、福禄寿《ふくろくじゅ》、寿老人《じゅろうじん》、布袋《ほてい》の中にあって、紅一点の弁財天《べんざいてん》は、新町《しんまち》芸者の七菜《な》香《か》である。いつもの艶《あで》やかな芸者姿とは違って、一風変わった唐様の人形のように美しかった。弁財天は元はヒンズー教の女神らしいから、微笑みがまたいっそう神秘的に見える。

「さあさあ、お殿様。暑い夏を乗り切るために、七福神の恵みを授けましょうぞ」

恵比寿姿の角兵衛が幇間《たいこもち》よろしくおどけると、居並ぶ長者の中から、

「角兵衛。おまえだけは、化粧せんかて、恵比寿顔、そのまんまやないか」

と声がかかってきた。おどけて頭をポンと叩いた角兵衛は、

「へえ。この萬請負問屋の『恵比寿屋』は、溝浚《どぶさら》いでもケツ拭きでも何でもやりまっさかい、よろしゅうたのんます。恵比寿といえば商売繁盛に五穀豊穣。お殿様にお土産《みやげ》を持参いたしました」

笑いながらそう言って、福袋を差し出すと、自ら中味を広げてみせた。

篝火にきらきら光る黄金色の大判であった。

「どないだす。これは十両大判。私は長者でも分限者《ぶげんしゃ》でもありませんが、ここにおられる旦那衆からお預かりした金で、十両大判を作って取り揃《そろ》えました。さあ、どうぞ、お収め下さいませ」

あからさまな賄《まいない》だが、ざっと千両分ある十両大判の眩《まぶ》しいばかりの照り返しに、土屋は思わず笑みがこぼれた。その一枚を手にして、軽く叩いたり、掌《てのひら》に載せたりしながら、

「まさしく十両大判。太閤《たいこう》様になった気分じゃわいのう」

十両大判は通貨としてではなく、贈答用に用いられるものである。特に人を喜ばせるときには、大いに利用できる。しかし、大判一枚の本当の値うちは七両二分であるから、土屋が手にしたのは七百五十両である。残りの二百五十両は、祭り代に充《あ》てたのであろう。そのあたりの算盤勘定《そろばんかんじよう》は、長者であるゆえ、逆にしっかりしている。

それでも土屋は大喜びである。『堺屋』を筆頭とする大坂商人たちも、これで公儀普請を掌中にできるであろうから、まずは満足な〝仕掛け花火〟であった。

「――いや実に見事じゃ、堺屋。今の珍しい花火は、どのように打ち上げたのだ。そのからくりを知りたいものじゃ」

「それは、この鉄次郎という者が新進の花火師に作らせたものです。それを、数多く

の筏《いかだ》や花火船に打ち上げ台を載せて、海に浮かべたまま花火を上げますさかい、あれだけ大掛かりのものを仕組むのはなかなか骨が折れたようです」

文左衛門が説明をすると、土屋は頷《うなず》いて、鉄次郎の方を見てから、

「あの大きな花火船を造ったのか……」

と感心したように溜息をついて、まだ松明に浮かんでいる船団を見下ろした。小ぶりではあるが、あれだけの膨大で大量の花火を打ち上げるとなると、かなりの安定感が必要となる。

「まるで、大砲を積んだ軍艦よのう……しかし、大黒天はこれ、食べ物や財を司《つかさど》る神ではないか。それが花火とは面妖な」

「鉄次郎は、四国は別子《べっし》銅山《どうざん》の掘子《ほりこ》だった男なのです。だから、火薬のことも詳しくて、扱い慣れておりました」

「別子、とな……住友《すみとも》のか」

「はい。大坂に出てきてから、材木問屋『丹波屋』の徳右衛門《とくえもん》と縁があって、今はその後を継いで、主人となってます。なかなかの遣《や》り手でして、どうぞお見知りおきのほどを」

と文左衛門が後押しするように言った。

鉄次郎が深々と頭を下げると、土屋は満足そうに頷いて、

「ほう。『堺屋』に気に入られるとは、大したものだ」

「私は、この男を買っております。なにしろ、『丹波屋』を継いだときには、三万両もの借金がありました。それを、わずか一年で、半分程に減らしてます」

「なんと……」

驚きの目を向ける土屋は、鉄次郎のことが妙に気になったようで、

「これからは、イキのよい若い商人もどんどん出てこなくてはならんな。さっきの仕掛け花火のように、誰もが驚いて感嘆の溜息を洩《も》らすような商いをして貰いたいものじゃ」

と励ますように声をかけた。

「ありがたいことに存じます。今後とも何卒《なにとぞ》、お引き立て下さいませ」

素直に頭を下げる姿には、おもねる様子はなく、若者らしい清々しさがある。土屋はいずれ京都所司代、若年寄、老中となることを約束されている人物である。鷹揚《おうよう》な態度で若い鉄次郎に接することで、人間の大きさを見せようとしていたのであろう。

「気に入った、鉄次郎とやら。実は、幕府は大船を造ることになっている」

「大船……？」

鉄次郎は自ら進み出るように、土屋を見上げた。

「幕府に限らず、水戸藩や薩摩《さつま》藩など、これからは海防に力を入れねばならぬと躍起になっている。余もそう思う」

「海を守る……のですか」

「さよう。メリケンやエゲレス、オロシアの黒船が我が国の周辺に出没していることは、おまえも知っておろう。万が一、異国と戦《いくさ》になれば、座して死を待つつもりは毛頭ない。我々も大きな船を備えて、沿岸を守るために戦わねばならぬ」

幕府は〝大船建造禁止令〟によって、大名たちには、五百石より大きな船を造ってはならぬと命じていた。それゆえ、内憂外患《ないゆうがいかん》の時代にあって、造船をさせようにも、大名には大型船を造る技術も財力もない。幕府も同様である。

しかし、異国船の来航が多くなり、弘化《こうか》二年（一八四五）に、時の老中・阿部正弘《あべまさひろ》が海防掛を設置してから、付け焼き刃の海防軍を立ち上げたものの、船手組の関船《せきぶね》などは小さいし、数も少ない。幕府の軍船も古すぎて、とても西洋列国と戦える代物《しろもの》ではない。浦賀《うらが》奉行所で、異国船を真似《まね》したものを造ったが、これも役立たずであった。

嘉永《かえい》六年（一八五三）とその翌年のペリー来航によって、オランダから本格的に軍艦購入をしたり、操練のための伝習所などが立ち上がったが、幕閣のほとんどは〝国産の軍船〟に拘《こだわ》っていた。

「ゆえに、おまえたちの知恵と金の力を借りて、大船を造りたいのだ。黒船に負けぬような、立派なものをな。でないと、いずれ、この大坂の難波津にも、異国船が我が物顔で入ってくるであろう」

事実、時代は少し下るが、兵庫《ひょうご》開港の頃には、まるで威嚇《いかく》するかのように黒船が大坂湾に現れている。

「どうだ。やってみぬか」

すべて幕府が買い上げるから、大砲を積めるような大型軍船を造れと、土屋は鉄次郎に命じた。大坂城代の自分には発注する権限があるのだからと、大きな腹を叩いた。

「——私がですか……」

戸惑《とまど》う鉄次郎に、土屋は半ば強引に、

「あれだけの花火船を造ったのだ。もっと大きなものができぬわけがあるまい。しかも、空に打ち上げるのではなく、外敵を蹴散《けち》らすものを造るのだ。一艘の船を造るのに、材木も莫大な量がかかる。何百艘も造れば、『丹波屋』の借財など、一度に返せるのではないか?」

突然、降って湧いた話に、鉄次郎は困惑したが、文左衛門は端《はな》から承知していたのか、にっこりと微笑んで、

「何を迷うことがあるのや。これが商機というものやないか」

と断じた。周りの長者たちも、当然のように頷いている。

しかし、鉄次郎は、文字通り焦臭《きなくさ》い話だなと肌で感じていた。

二

正式に大坂城代から、大船建造の依頼が来た『丹波屋』は、大忙しとなった。

城代補佐の京橋口定番《きようばしぐちじようばん》も務める羽間五郎右衛門《はまごろうえもん》が担当となって、毎日のように店に出向いてきて、軍船の大きさや挺櫓《ちようろ》の数や設備はもとより、幕府側の意向を事細かく伝えていた。まずは十艘を造り、最終的に百艘を納める。この一大事業の采配が『丹波屋』に委《ゆだ》ねられたのだ。

そもそも、材木の調達だけが仕事であったはずだが、建造自体に関わるとなると、到底、鉄次郎ひとりの手には負えぬ。角兵衛ら請負人を通じて、腕利きの船大工を集

めて、湊の外れに特別に造った〝造船所〟にて、何百人もの職人を雇わねばならなかった。それは、『丹波屋』には不慣れな大仕事だった。

この日も――。

一番番頭の季兵衛《きへえ》を中心に、二番番頭の美濃助《みのすけ》、手代頭の杢兵衛《もくべえ》ら数人の店の幹部が、顔をつきあわせて、侃々諤々《かんかんがくがく》の話し合いをしていた。

季兵衛はいまだに、先代主人の徳右衛門が、鉄次郎に店を譲ったことが承服できないと、根に持っていた。鉄次郎が継いだ当初は、わざと安い材木を高く売ったり、納期に遅れさせたりして、『丹波屋』の暖簾《のれん》に傷がつくようなことばかりをしていた。

それは、鉄次郎が失敗することで、得意先や店の者たちから信頼を失わせて、追い出そうとしていたからである。しかし、そんなことでへこたれる鉄次郎ではなかった。むしろ、前向きに、

――どうしたら、少しでも借金を返すことができるか。

ということばかり考えていた。考えるだけでは埒《らち》があかぬし、人ひとりの知恵では限界がある。虚心坦懐《きょしんたんかい》に『堺屋』などの長者や分限者の言葉に耳を傾け、塾などに通って商いの〝いろは〟から学び、多くの書物を読み漁《あさ》り、番頭美濃助からの助言を肝《きも》に銘じ、先人の考えも大いに取り入れた。

しかし、理屈で商売ができないことも当然の理《ことわり》である。立派な心がけや態度だけでも、利を生むことはできない。

別子銅山で暮らしていた頃は、掘れば掘るほど、銅鉱が出てきて、それが金になるのが当然のことと感じていた。しかし、商人はどんな苦労をしたところで、物が売れなければ、一文にもならぬ。一日中、一生懸命汗だくで働き廻っても、売れなければ、それで終わりである。儲けるどころか損になる。

――相手あっての仕事や。

ということが、少しずつだが分かってきたのだ。

「そんな当たり前のことに、一々、吃驚《びっくり》されててはかないまへんなあ」

季兵衛にはそう言って呆《あき》れられるのが関の山で、たしかに商家の主人としては頼りにならない存在であった。しかし、鉄次郎には鉄次郎の考えがあって、

「銅山では、無駄がひとつもなかった。商売もそうでありゃ、ええだけのこっちゃ」

という思いを実践したのだ。つらつらと店を見廻すと、実に必要のないものや、役立たずの人がいると感じたのだ。銅山のような死と隣り合わせの場所で仕事をしているときには、あまり考えたことがなかったが、ギリギリで生きているから、まったく余計なものがないのだ。

しかし、商売というものは、鉄次郎の目には、

「こんなのなくても死なへんやろ」

と思えるものが沢山あった。たとえば、ひとつの帳簿を三人がかりでやるとか、貯木場を管理する人数が多すぎるとか、奉公人の食べる米の量や塵《ちり》になってしまう紙や布などを無造作に買っていることなどだ。鉄次郎はいつしか、〝儲け〟と〝倹約〟に徹するようになった。それは端から見れば、「えげつない」と言われるくらいの厳しさだった。

ただ、小さなところをいくら切り詰めても、それだけでは三万両もの借金を返すことはできない。鉄次郎としては、ひとりたりとも奉公人の首を切らずに、〝再建〟したいのは山々だったが、一朝一夕でできるものではなかった。

そんなある日、店の台所に毎日のように来るボテ振りの野菜売りを見ていて、

「毎日、売り切って、偉いなあ。余ったら腐ってしまうから、大損やなあ」

と声をかけた。すると、ボテ振りは、

「そんなん当たり前ですわ、若旦那。売れる分しか、仕入れてきませんさかい」

あっさりとそう答えたのだ。

「たとえばだんなぁ、農家に出向いて、仮に銀十匁《もんめ》ぶんの瓜《うり》と茄子《なすこ》を買うてきまっ

しゃろ。それを仮に倍の値で売り切ったら、二十匁入るから、翌日は、またそこから十匁ぶんの野菜を買うて、二十匁で売る。毎日、十匁の元手で、同じことを繰り返しただけで、月に三百匁を手にすることになるのや」

大変な仕事には違いないが、確かに理屈の上では倍々の儲けである。もちろん、飯を食ったり、湯屋に行ったり、家賃を払ったりと暮らしにかかる金は出て行くから、倍の儲けになるわけではないが、かなり手元には残る。

鉄次郎はそのことが材木でできないかと考えたが、野菜のボテ振りとの一番大きな違いは、〝在庫〟があるかないかであった。

材木はいつ何時、どこで、どれだけの量のものが必要か分からないから、常に貯木場に置いておかねばならぬ。大体は海辺の近くである。出荷や入荷に便利なのと、海水に浸しておくことで、虫がつかず腐りにくいからだ。

だが、山と積み上げられた材木や、木場の海面にずらりと浮かんでいる筏のような原木を眺めていて、鉄次郎は閃《ひらめ》いた。

「そうか……この貯木場がなきゃ、ええんじゃないか……野菜のように、山から仕入れたものを、直《じか》に材木の必要な現地に売り渡せばよいだけや」

しかし、日常の食べ物と何十年も残る材木とを比較することに無理がある。その話

を聞いた季兵衛なんぞは、

「鉄次郎はん……あんた、何を考えてンねん。貯木場のない材木問屋は、薬棚のない薬種問屋も同じ。誰が信頼しますかい」

と鼻で笑っていた。

それでも、鉄次郎が決断したのは、貯木場に使っている五千坪程の土地を売ることができるし、湊の内側に借りている海水の貯木場の〝使用料〟も幕府に払わなくて済むからだ。人減らしの前に資産を削ることを実行した鉄次郎は、一挙に数千両の穴埋めに成功したのだった。

もちろん、最低限の貯木はしており、鋸《のこぎり》などを入れる作業場も確保はしているが、大鉈《おおなた》を振るったことに間違いはなかった。『丹波屋』は逆に、現金掛け値無しで、産地から材木を仕入れて作業場に直送することで、大きな無駄を省き、伐採人や、それを筏を組んで流す川並衆や地駄引き職人などの雇用も増えたのである。

同時に、代々続いてきた店内の序列も変えた。銅山では、掘子や廻切夫《まわりきりふ》、横番《よこばん》、水引、負夫《おいふ》、手子《てご》などが、同時に協力しながら、効率のよい作業に徹している。その作業に、身分の上下はない。商家にも同様のことを持ち込もうとした鉄次郎は、
——丁稚《でっち》、手代、平手代、上座、連役、役頭、組頭、支配、通勤支配、後見、名

代、勘定名代、元方掛名代、加判名代、元締、大元締……。

という複雑で多い階層は撤廃し、番頭、手代頭、手代、丁稚という簡素なものにして、それぞれに役職を与えた。そして、仕事の出来高に応じて、報酬も変えたのだ。今で言えば、年功序列をやめて、能力主義にしたというところか。

このような変革は、季兵衛に限らず、他の長年奉公してきた者たちからは、大いに反対意見が出て、中には納得できないと店から出ていった者もいた。しかし、何も手をつけずにいれば、まさに泥船のように沈んでしまう。だから、鉄次郎は出来る限りのことをしたのである。そして、かろうじて『丹波屋』の暖簾を守ることができたのだった。

「で……今度はどうするのですか、鉄次郎はん」

季兵衛は決して、鉄次郎のことを、旦《だん》那さんとかご主人と呼ぶことはなかった。今でも主人は、先代の徳右衛門ただひとりだと言いたいのである。

「大坂城代の土屋様は、豪儀《ごうぎ》に戦船《いくさぶね》を百艘なんぞと桁《けた》外れなことを申し込んできたけれど、饅頭《まんじゆう》や煎餅《せんべい》やあるまいし、そんなもん急にできるわけがあらしまへん。どこまで本気かも分かりまへんで」

「そうかな。『堺屋』さんかて、後押ししてくれると言うてるし、まずは手始めに十艘くらいは造らんとな」

文左衛門には、鉄次郎が『丹波屋』の手代だった頃に季兵衛の嫌がらせで不始末をし、ひどく機嫌を損ねさせたことがあった。しかし、その後なぜか研市が取りなしを引き受け、それからは何かと鉄次郎の後ろ盾《だて》になってくれていた。

後ろ盾になってくれるのは嬉しいが、以前研市を使って「薬札」で儲けようとしていたことや、大店の番頭たちを集めて、大坂を一つの国のようにするべきだと大風呂敷を広げていたことを考えると、どこまで信じ切ってよいのか、どうも分からぬ人間である。しかし、船造りの話には乗っているので、ここは商売と割り切って、『堺屋』たちの財力を、鉄次郎は頼みの綱としていた。

「十艘て、そんな簡単に言いますけどね、何万本も材木が要《い》るのに、在庫がないうちで、どないするつもりですか。それに、うまい話には必ず裏がある。飛びつく前によう考えて下されや。まったく……素人《しろうと》相手に話しているようや」

「確かに素人や。だからこそ、季兵衛さん。あんたを頼りにしてるのやないか」

「頼られ甲斐《がい》がありまへんな」

嫌味な顔を崩すことなく、季兵衛は続けた。

「ええですか。幕府は〝大赤字〟です。朱筆で、真っ赤に染まってますわ。幕閣の偉い方々も、国元は大概、財政が破綻《はたん》してて、大坂商人からごっそり金を借りたまんまやおまへんか。返す充《あ》てなど、もちろん、ありまへん。つまり、これ以上、借金はできない。昔の徳政令のように、棒引きにもできへんさかい、考えつくことは、商人に金を出させる口実が必要なんです」

「金を出させる口実……」

「へえ。手っ取り早いのが、公儀普請やないですか。幕府は腹を痛めないように、大名に金を出させますが、それとて、もうギリギリとちゃいますか？　となれば、後は別のことを考えなきゃならん。それが、軍船造りですわ」

「それの、どこがあかんのや」

「しっかりして下されや。幕府が買い取るという条件で、造船費用は大坂商人に負担させますが、後で支払う金など幕府にあらしまへんがな。鉄次郎はん……長州《ちようしゆう》や薩摩などは中国を通じて、イギリスの戦艦を買おうとしてますが、それ幾《いく》らぐらいすると思うてます？」

「さあ……」

鉄次郎はまったく分からぬと首を振ると、季兵衛はあからさまに呆れた声で、

「ほんまに商人になったつもりですか……まあええ。私が長崎のオランダ商館に出入

りしていた人から聞いた話では、一万六千両もするそうです。銀で八百貫目くらいでっせ。『銀五百貫目よりして、是《これ》を分限といえり。千貫目の上を長者と言うなり』って西鶴《さいかく》さんも言ってますが、大坂の大金持ちでも買えまへんがな」

「戦艦だけに、千貫目か」

「アホなことを……いいですか。分限者でも払えぬものを、幕府が払えるわけがない。船を造って儲けろ、なんていうのはまやかし。異国との戦に勝って、財宝でも奪った暁には払うつもりやありまへんか」

皮肉を言った季兵衛は、絶対に儲からないと断じた。

「そうかもしれんが、疑いはじめたらキリがない。おまえの好きな西鶴さんは、『世のつまりたるというちに、丸裸にて取り付き、歴々に仕出しける人あまた有り』ちゅうて、危難を好機にした商人は大勢おるのとちゃうのか？　まあ、どないにかなるやろう」

能天気に言う鉄次郎を横目で見て、季兵衛がチッと舌を鳴らしたとき、裏庭に薦被《こもかぶ》りの男が駆け込んできた。

アッと見やった季兵衛は「こらッ」と声をかけた。時々、物乞いに来る奴らだと思ったのだ。近頃、船場《せんば》のあちこちに、物乞いがうろついて、当然のように店先を廻って、金や食い物をねだるのだ。

　商売の邪魔になるから、店の者は幾らか文銭を投げて追い返すことが多かったから、味をしめた奴らが次々と押しかけてくる。厄介払いをするために、町方同心に袖《そで》の下を握らせてまで追っ払っていたのだが、店の奥にまで踏み込んでくるとは尋常ではない。

「おい、こら！　調子こくのやない！　出て行かんと、痛い目に遭わせたるで！」

　季兵衛が雨戸の心張《しんば》り棒《ぼう》を摑《つか》むと、他の美濃助や杢兵衛も険しい顔になって立ち上がった。途端、男はパッと薦を払いのけて、

「鉄ッ、俺や。何も言わんと匿《かくま》ってくれ。頼む。このとおりやッ」

　両手で拝《おが》みながら、情けない顔を晒《さら》した。それを見た鉄次郎は驚いて、

「なんじゃ、研《けん》ちゃんかいな。こんな所で何を……」

　と言いかけたが、必死に拝み倒す研市《けんいち》の姿を見て、何をか察して、座敷に引き上げるや、奥の仏間へ押しやった。

　研市とは、鉄次郎と同郷の者で鉱夫をしていたが、「一旗揚げてやる」と大坂に出て来たものの騙《かた》りまがいのことばかりをしては、お上に追いかけられていた。しかし、悪びれることなく鉄次郎の前に現れては、平気で迷惑をかけている厄介者であ

る。

「旦那さん、今のは、たしか……」

心配そうに問いかける美濃助に、鉄次郎は小さく頷いて、

「ああ、別子の頃からの腐れ縁の研市さんや。またぞろ、何かしでかしたな」

困惑ぎみに眉間《みけん》に皺《しわ》を寄せたとき、店の方から、丁稚の詫助《わびすけ》が転がるように廊下を駆けつけてきて、

「だ、旦那《だん》さん……た、大変ですッ」

と興奮して、口をパクパクとさせた。

三

勘の鋭い鉄次郎である。

研市の泣きっ面《つら》を見て、大体のことは察しがついた。どうせ、また博打《ばくち》で金をすったか、騙りまがいの儲け話がバレて、誰かに追われているのであろう。

案の定、店に怒鳴り込んできたのは、見るからに人相の悪い連中で、縦縞《たてじま》の着物の裾《すそ》を軽く捲《まく》って、

「おう。『丹波屋』！　ここに逃げ込んだのは分かってるのや！　おとなしゅう出しやがれ。研市や、研市！」

と威勢よく脅《おど》してきた。

店で客と接していた手代や丁稚らは、兢々《きょうきょう》として身を竦《すく》めたが、奥から出てきた鉄次郎は愛想笑いを振りまきながら、

「これは、どうも。このクソ暑いのに、仰山《ぎょうさん》でお揃いでやすな」

と居並ぶ数人のならず者たちに軽く頭を下げて、

「なんでございましょう。うちの材木に傷んでいるものがありましたでしょうか」

「そうやない。今し方、ここに逃げ込んだ男を出せと言うのやッ」

「男……はて、誰のことでございましょう。私は奥で番頭さんたちと話をしておりましたが、そのような人は……」

「黙らんかいッ」

数人のならず者の後ろから、つるつる頭の兄貴分が関取のような体を揺らして、前に進み出てきた。いかにも力自慢そうな物腰で、人を威圧するには十分であった。大柄な鉄次郎でも小さく見えるほどであった。

「研市が逃げ込んだのは分かってるのや」

「ああ、研ちゃんなら、こっちも探しておるのや。半年も前に、儂《わし》の金を騙《だま》し取って姿を眩《くら》まして、しょうもない奴や」

「四の五の言わんと、さっさと出せ。がちゃがちゃぬかすと、店の中がどうなっても知らんで、こら！」

「くっさ〜。それがえらく臭う。鉄次郎はわざとらしく口と鼻を塞《ふさ》いで、唾《つば》が飛んできて、あんた、真っ昼間から酒飲んでますのか。ええご身分やな。申し訳ありませんが、うちは酔っぱらいを相手にするほど暇ではないんです。どうか、お引き取り下さいまし」

と言った途端、つるつる頭は目を細めて、

「おい、こら。俺が誰か知ってて、そんな舐《な》めた口をきいてるンやろな」

「知りまへん。知ってたら、もっと丁寧にお話しします」

「！……」

つるつる頭のこめかみが、ピクリと動いた。そのとき、傍らでびくびくしながら見ていた季兵衛が、つんのめるほど腰を曲げて土間に降りるなり、

「よう存じております。立売堀《いたちぼり》の段五郎《だんごろう》親分のところの、権八《ごんぱち》さんでございますよね」

と紙に包んだ銀貨を手渡そうとした。五匁銀で十枚、つまり一両分ある。

「申し訳ありません。うちの主人はまだ大坂に来て一年くらいでして、親分さんに挨拶にも出向きませんで、大変失礼いたしました。また改めて参りますので、今日のところはこれで……」

ご勘弁を、という言葉が出る前に、権八は紙包みを弾き飛ばして、

「端金《はしたがね》で追い返すつもりか、季兵衛どん」

「あ、いえ……そういうつもりは……」

完全にびびっている。季兵衛は立場の弱い奴には、えげつなく偉そうな態度を取るくせに、強い者には情けないほど卑屈になる。まあ人間はおおむねそんなものだと鉄次郎は思っていたから、苦笑もでなかった。が、店の前での厄介は困る。

「季兵衛さん。そんなものは渡すことはありまへん」

鉄次郎は強い口調で言って、下がれと目顔で命じた。いかにも主人が奉公人に対する態度に、季兵衛はカチンときて、

「そうはいきまへん」

と我を張った。

「旦那さんはそう言いますがね、先代の徳右衛門さんも、立売堀の段五郎親分には

色々とお世話になってたのや。うちがこうして、北船場でええ商売ができるのも、親分のお陰でっせ。私ら材木商にとって、立売堀は〝お伊勢《いせ》さん〟と同じで、心のふるさとでんがな」

まるで、ヨイショをするように季兵衛は言ったが、立売堀が材木商人の聖地であることは嘘ではない。

大坂には、堂島《どうじま》の米市場、天満《てんま》の青物市場、雑喉場《ざこば》の魚市場という三大市場がある。それゆえ、天下の台所と呼ばれているが、同じように材木の市場は、四ツ橋《よつばし》と木津川に挟まれた立売堀にあった。

立売堀は、元々、〝大坂の陣〟に際して、伊達《だて》藩が濠を掘って本陣を立てたところから、『伊達堀《だてぼり》』と呼ばれるようになった。やがて、『伊達』という文字通り、いたぼり、と呼ばれ、後に材木市場が出来てから、益々、男っぽい町となり、伊達男たちが汗だくで材木を立ち売りする情景から、『立売堀』という文字が充てられたのである。

ここが材木市場として栄えたのは、徳川家康《いえやす》が豊臣家を滅ぼしてからである。戦場となり瓦礫《がれき》の山となった大坂を、新しい町に造り直すためには大量の材木がいる。その材木調達を一手に引き受けたのが土佐《とさ》藩で、四国から材木を搬入したことにはじまる。今でも大坂の材木は、紀州《きしゅう》と四国からのものが多い。土佐藩蔵屋敷が中之島《なかのしま》ではなくて、この近くにあるのは、その名残である。

そんな立売堀にあって、材木の搬出搬入、職人の手配から、木津川や長堀川《ながほりがわ》などの船の往来を取り仕切っているのが、段五郎だった。荒くれ者が多く、やくざ者とのつきあいもあるから、腕っ節の強い子分も多かったが、難波津の萬請負問屋『恵比寿屋』と同じで、いわゆる渡世人《とせいにん》ではない。

とはいえ、店の乗り込み方からすれば、ならず者が素人衆を虐《いじ》めているとしか見えない。鉄次郎は人を恫喝《どうかつ》するような態度が大嫌いだから、

「それはそれとして挨拶に出向きますが、おたくらに追われるような男は、うちには来てまへん。どうぞ、お引き取りを」

とキッパリと返した。

権八は承服できないとばかりに、さらにずいと身を乗り出して、

「ええ度胸をしとるやないか。『丹波屋』の新しい主人についいては、噂には聞いとった。貯木を一切やめて、直に山から材木を仕入れて流すという大層なことをして、借金を返したってことをな」

「それは、ありがとうさんです」

「だが、そのやり方は、材木市場を無視したちゅうことや。いや、大坂中の材木問屋を敵に廻したも同じことやで」

「でも、そうでもしなきゃ、うちは潰れたんですわ」

「台所が苦しいのは、どこも同じじゃ。それを材木問屋仲間のしきたりを踏みにじって勝手なことさらしてまで、てめえだけは助かりたいのか。それが許されると思うてんのか」

「しかし、直取引するために、材木市場にはそれなりに始末金も払いました」

「金だけのことやない。ここの話をしとんのじゃッ」

と権八は自分の胸を叩いた。

「――そのことについては、この季兵衛からよう話を聞いて、ご挨拶に参りますさかい、今日のところは……」

「いや。ガキの使いやないンやから、帰ることはできんな」

意地になって、権八は上《あ》がり框《がまち》に座り、

「研市を出して貰おうか。あいつが、あんたの兄貴分だってことも、こっちは調べておるのや。以前は、薬札《やくさつ》を作っては値上がりするなどと吹聴していたが、今度は材木札で騙すつもりか。おい、おまえもつるんでいるのやないやろな」

薬札も材木札も、藩札のように限定された地域や仲間内で使える手形のようなもので、それが売買の対象になると、元値よりも上がったり下がったりする。その利鞘《りざや》で、儲ける輩《やから》もいたのだ。

「分からん人やな。おらんものはおらんのですわい」

鉄次郎がもう一度、帰ってくれと言った途端、チッと舌を鳴らした権八は、子分たちに店の中を探せと命じた。子分がごり押しに入ろうとすると、鉄次郎はその手首を摑んで、小手返しで投げ倒した。

土間で背中を打った子分は息苦しそうに噎《む》せた。権八は待ってましたとばかりに立ち上がって、鉄次郎に摑みかかったが、どこをどう投げたのか、その巨体もふわりと宙を舞って、背中から落ちた。

「土足で踏み込まれる謂《いわ》れはない。それほど文句があるなら、親分でも役人でも連れて来たらええ」

「わ、われ……！」

こめかみがさらにピクピクと動いた権八は、ゆっくり立ち上がると力任せに殴りかかろうとしたが、

「やめておけ、権八ッ」

と店先から声がかかった。

日除けの暖簾を分けて入ってきたのは――大坂東町奉行所同心の草薙《くさなぎ》与三郎《よさぶろう》だった。相変わらず人の心をヒンヤリとさせるような、剔《えぐ》るような目つきである。

「おまえに敵《かな》う相手やないぞ。この店の後ろには、大坂城代様がついておる」

小馬鹿にしたような言い草なのは、大坂城代は所詮は西国監視という名目的な役職であり、商人の町である大坂の町政は、東西の町奉行が握っているという自負があったからである。

「しかも、今般、土屋様から、幕府の戦船の建造を百艘も依頼されたそうだ。幕府も異国との戦を決めたようだが、そうなりゃ『丹波屋』……おぬしも長者の仲間入りだな」

「戦船百艘……」

権八は驚いたように、改めて鉄次郎を見やって、

「そりゃ豪儀な話やが、材木が相当かかるやないか。へえ……そうやったンか……なるほどなあ、へえ……」

何を感心したのか何度も唸《うな》った。そして、ほんの一瞬だが、何か企《たくら》んだような目になると吐き捨てるように笑って、

「ま、今日のところは、草薙の旦那に免じて退散してやるが、この俺に手を出したのは、大きなツケになること覚えときや」

と権八は肩で風を切って表に出ると、兢々として見ていた野次馬を「こら、何を見てけつかんねん」と蹴散らすように立ち去った。

店の片隅では、季兵衛が権八から突っ返された五匁銀を数枚取り出して、草薙の袖の中にさりげなく入れた。それを見るなり、鉄次郎は近づいて、直に草薙の袖の中に腕を突っ込んで、

「すんまへんな。倹約、倹約で、うちの奉公人は、朝飯の目刺《めざ》しの数を減らしてるくらいなんです。こんな金があるくらいなら、たんまり美味《うま》いもんでも食わしてやりますわい」

と取り返した。そして、季兵衛に向かって、

「番頭さん。草薙さんは物乞いと違いまっせ。こんな真似したら、あかんがな。さっきのような悪い奴を追っ払うのは、草薙さんのお務めやさかいな」

にっこりと笑う鉄次郎を、「忌々《いまいま》しい奴だな」と草薙は睨《にら》みつけていた。

四

丹波屋の奥座敷で、首を竦めて背中を丸めている研市の前に、鉄次郎と美濃助が呆れ果てた顔で座っていた。研市の顔は、隠れてばかりで日向《ひなた》に出ていなかったせいか、ぬらり瓢簞《ひょうたん》のように青白い。

実に申し訳なさそうに、蚊《か》の鳴くような声で、

「すまん、鉄次郎……俺は金輪際《こんりんざい》、商売には手を出さん。そやから、今度だけは勘弁してくれ。必ず真面目に働いて返す。借りた金はぜんぶ、利子を付けて返すさかい」

と研市は何度も床に頭をつけた。

鉄次郎は腕組みをして、ぐっと睨みつけると、

「借りた金やと？　冗談は顔だけにしてくれ、研ちゃん。貸した覚えはない。あんたは、店の金を持ち逃げしたのやないか」

「そ、それは誤解や」

「何がや」

「たしかに俺は、あの夜、店の金をこっそりと〝借り〟て大坂から出ようと思うてた

のやが……」

「こっそりと借りるちゅうことがあるかいッ」

「まあ、聞いてくれ、鉄……その途中、食うに困ってる親子連れに会《お》うたンや。母親に小さな子供が五人……そいつら、土佐堀川に身投げして無理心中しようとしてたのや」

「ほんで？」

「子供らは、『母ちゃん、おいら死にとうない、死にとうない』と泣いて縋《すが》ってる。背中の赤ん坊は乳が欲しくて泣いてたが、まだ二つ三つの子は、死ぬ意味も分からんから、にこにこ笑うとる。俺はその姿を見たら、もう涙が出て涙が出て……」

「鼻水も出たか」

「とにかく心中だけは必死で止めてな、たまたま来た屋台のうどんを食わせたのや。ちらほら雪が降ってたからな、子供らは喜んで食いよった。赤ん坊も母ちゃんの乳をちゅうちゅう吸うてな」

「おまえが吸うたンじゃないんか」

「真面目に聞け」

急に偉そうになった。研市はまるで講釈師のような口調になって、

「うどんを食うたら、少しは落ち着いたのやろう。じっくり話を聞いたら、なんと可哀想《かわいそう》なことに、父親が博打の借金を二十両ばかり残して、とんずらしたちゅうやないか。そこで、俺は思ったわけよ。この懐に、二十五両の金がある。それで借金を返させて、当面の暮らしに五両もあれば、どこか長屋の一室でも借りられて、子供と一緒に雨露《あめつゆ》は凌《しの》げる。そんでもって働き口を探せば、なんとか生きていけるのやないか。ああ、今宵、俺がこの橋で会ったのは、この親子を助けるための神仏の計らいやったに違いない。そう思って俺は……」

「もうええ」

鉄次郎の短い吐息を感じて、研市は必死に言い返した。

「嘘やないで、鉄次郎。おまえだって、そんな親子に会ったら、一も二もなく助けるやろう。ああ、間違いない」

「ほなら訊くが、その親子連れは、どこの長屋に住んでおるのや」

「それは……ええと、どこやったっけな……もう半年も前やから、忘れてしもた……いや、北堀江から木津川の方へ行って……」

「その話がほんまなら、狐《きつね》の親子だったのやろう。人助けしてから、うちへ帰ってくるまで半年もかかったんか。江戸まで行ってたちゅうのか」

「おお、そのとおりよ。江戸に行ってた」

「ええ加減なことを……」

「これは、ほんまのことやがな」

「——これは？　やっぱり、狐の親子だったか。いや、おまえが狐や。人を化かしてばっかりやからな」

「いや、ほんまやてッ」

ムキになった研市は江戸に行った証といって、箱根《はこね》の関の通行印や江戸で世話になった町名主の文、江戸土産といって浅草《あさくさ》の浅草寺《せんそうじ》のお守り札なんかを小汚い袋から出して並べた。

「待て、もう怒るな」

キッとなる鉄次郎の顔を見て、研市は機先を制するように、

「おまえは、ええとこに目をつけた。これからは戦船が沢山いる。いや、戦船だけやない。千石船のような商船も必要や……俺はこの目で、黒船ちゅうのを見たがな、最初に来よったのは木造の帆船だったが、後から来たのは鉄でできた蒸気船たらちゅうもんやった」

「鉄で……」

「ああ。重い鉄がなんで海に浮いとんのか不思議やったが、そういうもんらしい。沈まんように必死に水夫が漕いでるのやろう」

実にいい加減な知識である。本当に見たかどうかも怪しいものだ。しかし、西欧列国が次々と幕府に対して開国を迫っているのは事実で、いい加減に対応していると武力でもって日本に乗り込んでくる危険もあった。

「黒船に大砲をぶっ放されて、幕府のお偉方はぶるっとるちゅう話やが、あれはメリケンが土産を持ってくるのを忘れたさかい、その不備を突かれて追い返されるのがいややから、何発か撃って誤魔化《ごまか》したちゅう話やで」

「土産?」

「異国の慣わしでは、新しい国を訪れたときは、必ず何か渡すんやて。この話、前もしてやったやろが……それにしても、鉄次郎。おまえは大したものや」

しみじみと部屋を見廻しながら、

「この大店《おおだな》の主人になって、わずか一年くらいで、借金も仰山返して、長者と呼ばれる人とつきあって、ほんま偉い。風格も出てきた。立場が人を育てるちゅうが、ほんまやなあ。とても、銅山の薄暗い銅坑の中で、泥塗《まみ》れになって汗をかいてた奴には見えん」

と研市は話の鉾先《ほこさき》を変えた。こういうときには、またぞろ何かを誤魔化しながら、自分の儲け話をねじ込んでくるに違いない。別子銅山で暮らした幼馴染《おさななじ》みだけに、考えていることは手に取るように分かるのだ。

「鼻の穴が膨らんどるで」

鉄次郎が凝視すると、研市は鼻の頭をひくひくとさせて、

「そうか？」

「ああ。研ちゃんが人をハメようとするときには、必ずそうなるのや。ガキの頃、穴子《あなご》を鰻《うなぎ》と言い張って、無理矢理、銅山のおばはんらに高く買わせたのは何処の誰やったかな」

「そんなん、似たようなものやがな」

「みんな気づいてたけど、おまえがあんまり必死やから、相手にしてやっただけやないか。けど、もうあかんで」

「何がや」

「ええ年こいて、遊びにはつきあわれへん」

キッパリと断ったつもりだが、研市は却《かえ》って身を乗り出して、

「人の話はちゃんと聞け。おまえの母ちゃんもよう言うてたやろ」

「おまえに言ってたのや、アホ」

「アッ。年上に対して、おまえ呼ばわりしたな。そういう人間に成り下がったンか、おまえは。棚ぼたで手に入れた店やないか。偉そうにぬかすなッ」

本気で言ってはいるが、だからといって喧嘩して立ち去るつもりはなさそうだ。研市は懐から、ぼろぼろの程村紙《ほどむらがみ》を差し出した。薄汚れているが、『朱印状』という文字はかろうじて読める。

「聞いて驚くな。これはな、ここに書いてるとおり、慶長《けいちょう》年間（一五九六〜一六一五年）に幕府が東海道《とうかいどう》の宿場に対して出した伝馬《てんま》朱印状や」

「なんじゃそりゃ」

「控えおろう。これは、徳川家康公をはじめとして、伊奈忠次《いなただつぐ》、彦坂元正《ひこさかもとまさ》、大久保長《おおくぼなが》安《やす》ら郡代が連署で出した『御伝馬之定《ごてんまのさだめ》』に基づいて発せられた朱印状や。ええか、よう聞け」

――此《こ》の御朱印なくしては伝馬を出すべからざる者也。

と読んでから、押されている朱印を鉄次郎の目の前に掲げて見せた。

「これを持ってない者は、宿場で伝馬を出すことはできんのじゃ」

「だから、なんじゃや。馬の糞《ばば》でも踏んだのか」

どうせ本物とは思っていない。鉄次郎は朱印状を手にも取らなかった。

「こんな大店になっても、相変わらず世間ちゅうのを知らんようやから、教えてやるわ」

研市は伝馬朱印状を丁寧に畳みながら、

「俺はこれを足がかりに、東海道の荷の流れを一手に引き受けようと考えてるのや。おまえも感じたように、これからは異国とのつきあいをせなあかん。そのためには、国中を物や金、人がもっともっと動かにゃならん。東海道は京と江戸を結ぶ日本一の街道や。俺は街道一の伝馬商人になる」

「伝馬商人……そんなもんがあるのか」

「俺がなるのや」

現実を直視せずに、妄想の中で生きている人間は、砂糖と塩の加減を間違えた煮物のようで食えないものだ。

「そのために、清水《しみず》の次郎長《じろちょう》にも会《お》うて来たで。丁度、追われの身が解かれて、郷里《さと》に帰ってたのや。三十半ばの男盛りで、博徒の親分ちゅうけど、あれは違う。腕っこきの商売人や。実際の話が、次郎長親分の親父は海運をしてたし、叔父は米の仲買商や。一晩、膝をつき合わせて話したが、ありゃもっと大物になる。俺の目に間違いはない」

「おまえは何様や」

「次郎長もこれからは海運やと言うとった。そやから、おまえもどんどん船を造れ。この国は、変わるでェッ」

研市は実に楽しそうに語った。話半分に聞いていた鉄次郎だが、

「どうして、そんな人と会えたのや」

「そりゃ、次郎長一家の幹部の増川仙右衛門《ますかわせんえもん》を訪ねて行ったのや。おまえとは兄弟杯を交わした仲やないか」

「儂が？　アホか。一度、金毘羅船《こんぴらぶね》で会うただけや」

「北船場あたりじゃ、有名な話やで」

「人の作り話を信じるな」

「そうでもないでえ。増川さん、おまえのことをよう覚えておってな、男の中の男じゃちゅうとった。大坂に来てからわずか三月やそこいらで、老舗《しにせ》の材木問屋『丹波屋』の主人に納まった話を聞いて、『さもありなん』ちゅう顔をしとった。いずれ、おまえにも挨拶にくるやろ」

「おいおい……別の意味の挨拶やないやろな。どうせ清水一家にも飲み食いさせても

らったのやろうが、金でも盗んで追われてるのと違うのか。そのお礼参りじゃないやろな。だから、さっきの立売堀の奴らが……」

「人聞きの悪いことを言うな。鉄……おまえ、俺のこと何やと思うとるんじゃ」

「与太話《よたばなし》はもうええ。うちで雇うてやるから、ちゃんと働け」

カチンときた研市はサッと立ち上がって、

「何を偉そうに！　俺はな、儲け話を持って来てやったのやないか。少しでも店の借金を返すためにやな」

「もうええ……」

「船を造るとなりゃ、元手がかかるやないか。そやけど、ええところに目をつけた。これからは、異国と交易を自由にやって大儲けや。そしたら、街道も広げなあかん。おまえは海で稼いで、俺は陸《おか》で稼ぐ……そういう壮大な考えでだな……」

「儂は交易なんぞしようとは思わん。当面は、頼まれた船を造るだけや。美濃助さん、こいつの話を信じたらあかんで。素直に謝れば、雇うてやろうと思うてたが、あんたは疫病神《やくびょうがみ》みたいなものや、どこでも行って好きにしてくれ」

「ああ、そうかい。頼まれても、二度とこんな所に来るかい、どアホ！」

研市はケツをまくって廊下を踏みならしながら店の方へ出て行ったが、鉄次郎が冷

めた茶をすすっていると戻ってきて、

「まだ、あいつら、表でうろうろしてやがる」

「今夜だけ泊めろ、てか」

「そやない。ひとつ言い忘れたことがある。おみなは今、大坂に住んどるで。清吉《せいきち》が
また偉《えろ》うなって、鰻谷《うなぎだに》の住友本家に奉公してるんやと」

清吉とは、別子銅山の口屋手代で、おみなを嫁にした男だ。鉄次郎にとっては苦い
思い出の相手である。研市はさして他意もないような言い草で、

「一度、おみなに会うてやれや。ほな、裏口から失礼させて貰いまっさ」

研市はそれだけ言うと、さっさか立ち去った。

「結局、一文も金を返さずに逃げましたな」

美濃助は呆れ果てて呟《つぶや》いた。

「難儀なやっちゃな……」

鉄次郎も深い溜息をついて、美濃助と顔を見合わせたが、心の中では、おみなの名
に動揺をしていた。

幼馴染みだが、お互い惹かれあった相手である。

だが、おみなの親は病に臥しており、薬代もままならなかった。周囲の人たちの勧

めもあって、おみなに一目惚れしていた清吉と一緒になることで、貧しい暮らしから脱け出すことができたのである。偏《ひとえ》に親のためであったが身を引き裂かれる思いだったに違いあるまい。鉄次郎も同じ気持ちだった。

清吉のもとに嫁に行ってから、どう暮らしているのだろうと気がかりではあったが、同じ大坂にいるとなると、ますます会いたいという思いに突き上げられた。

ふと中庭に目を流すと、昨日はなかった小さな赤い花が一輪、咲いていた。

五

その日から、鉄次郎の胸の中には、ずっと忘れていたおみなの面影《おもかげ》が現れて、時折、胸が痛くなり、焦《あせ》りのような重みが滞《とどこお》るようになった。商売に身が入らないというほどではないが、たまに丁稚にすら、

「旦那さん。気分でも悪いんでっか?」

と声をかけられるくらいだった。

先日、研市が追われていた一件についても、始末をつけておかなければならぬと思って、何度も立売堀の段五郎親分の所へ出向いたが、子分をコケにされたということ

で、一切顔を出さなかった。ただ、子分の権八が、

「二度とおまえには、立売堀に出入りさせせん。親分はそう言うとる」

とだけ繰り返した。

「立売堀に喧嘩を吹っかけたのは、おまえの方やぞ」

権八は威嚇していたが、研市が奴らに何をしたかということは不明のままだった。ただ、金の問題ではなくて、知らないうちに段五郎の女にちょっかいを出していたというのが、もっぱらの噂だった。

もしかしたら、半年前に店からくすねた二十五両の金は、その女とどこかへ逃げるために使ったのかもしれぬ。どうせ、親子の心中の話なんぞは出鱈目《でたらめ》だろうが、それにしても鉄次郎は研市のせいで、立売堀に出入り禁止同然になってしまった。もっとも、材木の直売りを始めた頃から、問屋仲間や段五郎とは疎遠になっていたから、今更、泣き言を垂れても仕方がない。

――そうや。鰻谷に行ってみよか……。

ふいに思い立って、出先から道を変えた。手代を先に帰らせて、鉄次郎は北船場には戻らずに、島之内《しまのうち》へ向かう橋を渡っていると、いつもは並んでいるはずの物乞いが、ほとんどいなかった。

今日は朝から雨模様だったせいかもしれぬが、近頃は物乞いも雨や風の日は休業するのかもしれないと思った。世の中が不安定で、景気も悪いから、一日中座っていても、たいした〝稼ぎ〟にはならないのかもしれない。

そんな小雨の中で、薦被りの物乞いがひとりだけ、橋の袂《たもと》で、

「ええ。右や左の旦那様。どうか哀れな者に、お恵みを」

と繰り返していた。一瞬、研市ではないかと思ったが違っていた。

「右や左の旦那様、哀れな私に、おひとつ恵んで下さいまし」

浄瑠璃《じようるり》語りのような意外に力強い口上である。だが、このような天気の中では、人はなぜか心が焦るから、物乞いなどは相手にせず、足早に通り過ぎるものだ。

鉄次郎が欠けた茶碗を覗き込むと、中にはまだ何も入っていない。いつから座っているのか知らないが、

「ご苦労なこっちゃな、こんな所に座っている根性があるなら、荷物運びのひとつでもした方が稼ぎになるだろうに」

と心の中で呟きながら、鉄次郎は小粒をひとつ摘《つま》み出すと軽く放り投げた。

カランコロン――。

小気味のよい音がして、小粒は茶碗の前に転がった。

「おありがとうございます」

言い慣れた口調で、朗々とではなく、かといって卑屈でもなく、不思議と落ち着いた声だった。薦被りを少しずらした物乞いの顔を一瞬だけ見たが、

――また、この目や。一度、見たことがある。

と思った。

何処で見たかは覚えていないが、おそらく大坂中をあちこち移動しながら、物乞いをしているのであろう。深い皺があって、日焼けのせいか垢《あか》のせいか分からぬが、随分と浅黒い。もう五十はとうに過ぎているであろうと思われた。

このところ、奉行所も、町の風紀や景観が乱れるといって、物乞いを人のいない所に追いやっている。人がいなければ、恵んでくれる金も減る。生業《なりわい》にもつけず、無宿者たちもできなければ、盗人でもやるしかない。奉行所も厳しくするならば、物乞いにもきちんと仕事の世話もしなければなるまいに、と鉄次郎は思っていた。

「だんさん……若旦那さん……そっちは今日は、鬼門でっせ」

物乞いが、立ち去ろうとする鉄次郎に声をかけた。

「え……」

振り向いた鉄次郎に、物乞いは薄汚れた顔を上げて、

「そっちゃ、行かん方がええ。わて、これでも風水に詳しいんですわ」

「そうなのか?」

「へえ」

「何がどう悪いのや」

鉄次郎が声をかけると、薦被りは歯が抜けたあとばかりの口を開けて、片手を差し出した。続きを聞きたければ銭を寄越せ、とでも言いたげだった。

「金を払えってか」

「人にものを尋ねるのやさかいな」

「そっちが勝手に、声をかけてきたのやないか」

「ほんのお礼ですわ」

物乞いは欠けた茶碗を指さした。

「それと、売り込み。旦那さんかて、商いするときには、自分から売り込みまっしゃろ」

ほんのわずかにギラリと光った薦の奥の目は、やはり前に何処かで見たような気がする。

物乞いというものは、どこか疚《やま》しい思いがあるためか、人の目をまともに見ようとしない。大概は、人の足下ばかりを見ているものである。よい履《は》き物をひっかけている人をめざとく見つけて、それへ向かって頭を下げるのである。まるで下駄に挨拶でもするかのように。

だが、この物乞いは少し違っていて、人の顔色ばかり窺《うかが》うように、上目遣いで見ていた。まるで人がどのような気持ちで金を放り投げたかを、見透かすような目つきだったのである。だから、鉄次郎はよく覚えていたのだ。ちょっと考えてから、

「ああ……あんた、前は南船場の渡しの前におらなんだか」

「あちこち行きますさかい」

「そうか……悪いが俺は風水だの八卦《はっけ》だの、占いは信じぬタチでな。ま、頑張りや」

そう言うと鉄次郎は、背中を向けて、最初に決めたとおり鰻谷に向かって歩き出した。なんとなく物乞いの視線を感じていたが、決して振り返ることはなかった。

鰻谷の住友本家は、さすがに大店中の大店で、三十間（五十五メートル）もある間口に、鉄次郎は圧倒された。千二百坪の敷地には、邸宅や店舗、寛永《かんえい》年間から続く銅吹所があって、船場の商家でも見劣りするほどだった。

しかし、この辺りは、思いの外《ほか》、人の往来が少なかった。というのは、河岸《かし》に面し

た〝工業地帯〟だったからである。元々は、でこぼこした土地だったらしいが、均《なら》して鰻の寝床のような形になったからとも、その昔は、〝おなぎだに〟と呼ばれていて変化したからとも言われている。

別子銅山から運ばれてきた粗銅を、百基余りの炉で精錬するのである。鰻谷のある島之内という一帯は、長堀川、東横堀川《ひがしよこぼりがわ》、西横堀川《にしよこぼりがわ》、道頓堀川《どうとんぼりがわ》に囲まれており、銅吹所の他に、古銅売上取次人、銅細工人、銅仲買などの店が多く点在していた。日本の〝輸出品〟の棹銅《さおどう》を一手に引き受けていたのだ。

この界隈《かいわい》に銅吹所が集中していたのは、精錬には大量の炭と水が必要だったこと、そして、多くの河岸があって、水運の利便がよかったからである。

ちなみに、河岸のことを、大坂では浜という。〝住友の浜〟と呼ばれるこの場所から、棹銅は長崎に送られ、そこから中国や東南アジア、インドなどに運ばれ、さらに、アムステルダムの銅相場会所を経てヨーロッパ中に広がっていた。

屋敷の〝うだつ〟を見上げながら、そんな思いを巡らせていると、

「なんや、不思議な感じがするなあ……俺たちが掘っていた銅鉱がなあ……」

と鉄次郎は感慨に耽《ふけ》った。

別子銅山は世界屈指の銅山で、住友本家である『泉屋《いずみや》』が経営している。大坂に

は他に、『大坂屋《おおざかや》』、『平野屋《ひらのや》』、『大塚屋《おおつかや》』などの銅吹業者もいたが、〝南蛮吹《なんばんぶ》き〟という粗銅から銀を絞り出す最高技術を持つ『泉屋』は別格だった。なにしろ、年間千万斤（六千トン）も生産する銅のうち、三分の一は『泉屋』が扱っていたのだ。

――うちとは桁が違いすぎるわい……。

少しばかり鉄次郎は、気後れした。仮にも材木問屋『丹波屋』の主人である。今ならば、おみなを自分の嫁にできるかもしれないと妄想をしたが、その助平《すけべい》根性はすぐに吹き飛んだのだった。

「それでは、『堺屋』さん。あんじょうお頼み申します」

『堺屋』という言葉に引っかかって振り向くと、地面まで着きそうな長い暖簾を分けて、商人が出てきた。

桟留縞《さんとめじま》の光沢のある羽織に、きらきら光る金具の煙草《たばこ》入れを帯に下げたその商人は、両替商の『堺屋』文左衛門だった。

しかも、見送って出てきたのは、三善《みよし》清吉だった。膝まで頭を下げるほど挨拶をしている清吉は、銅山で鉱夫たちに見せていた偉そうな顔つきとはまったく違って、いかにも人の良さそうな穏やかな態度だった。

鉄次郎は思わず店先から離れて、身を隠そうとしたが、だだっ広い通りで物陰など

ない。くるりと背を向けて、元来た道を戻ろうとすると、

「『丹波屋』さんやないですか」

と声をかけられた。もちろん、文左衛門からである。

――しまったなあ……。

眉《まゆ》をひそめながら振り返ると、もう目の前まで文左衛門は近づいてきていて、

「こんな所に珍しい。あ、そうか……あんさんも、元は別子の方。『泉屋』さんとも縁がありますわいなあ」

と言いながら、清吉の方を向いた。

「三善さん。紹介しときますわ。先程、ちらっと話した北船場の『丹波屋』さんの若主人ですわ。ささ……」

鉄次郎は仕方なく、文左衛門に『泉屋』の店の前へと誘《いざな》われたが、清吉はまったく鉄次郎のことを知らないように、深々と頭を下げると、

「『泉屋』名代の三善清吉と申します。なにとぞ、お見知りおきの程、よろしゅう存じます」

丁寧に挨拶をした。やはり気づいていないようだ。きちんと人の顔を見て話さない癖《くせ》が、あまり直っていない。名代といえば番頭を補佐する幹部ゆえ、数え切れないほ

どの客人と会っているはずだ。一々、顔までは覚えられないから、いつも当たり障《さわ》りのない挨拶を交わしているのであろうが、

「ご無沙汰しております」

と返した鉄次郎に、初めてまともに視線を向けた。それでも、一瞬、「誰やろう?」という表情になって、驚きの目に変わったものの、すぐに穏やかな顔に戻り、

「あ、ああ……これは、これは……私の方こそ、ご無沙汰ばかりで……」

清吉は曖昧《あいまい》に返答をするだけであった。

「なんや、知り合いかいな。それなら話が早い、三善さん。この鉄次郎さんは、今をときめく、大坂で指折りの材木商や。大坂城代様から、大船の建造を百艘も頼まれたばかりでな。これからが楽しみですわい」

「——そうでしたか……」

「まあ、これから大変やが、私も丹波屋さんを大いに後押しするつもりやさかい、泉屋さんも色々とよろしゅう頼みますわ」

「へえ。そりゃ、もう……」

「ほなら、私はちょいと野暮用《やぼよう》もありますんで、また……丹波屋さん。この前の、花火や宝船のお礼に新町あたりで一杯」

と杯を傾ける真似をして、何が楽しいのか鼻唄混じりに立ち去った。

「——鉄次郎……これは、どういうことや……まあ、店に入れ……」

怪訝《けげん》な顔で、清吉は手招きした。

六

「北船場の『丹波屋』なら、養子を迎えたと聞いたことがあるが、まさか、おまえだったとはな……一体、何があったのや」

悪いことでもしたのではないか、という目つきで、清吉は見据《みす》えてきた。

鉄次郎は話を聞きながらも、清吉に与えられている立派な欄間《らんま》が設えられている部屋を見廻しながら、大きく溜息をついて、

「さすがは天下の『泉屋』さんや……清吉さんくらいになると、金屏風《きんびょうぶ》やら金箔《きんぱく》の漆《うるし》細工の筆置きなんかに囲まれるんじゃなあ。こりゃ、凄いわい」

清吉が相手だと別子銅山にいた頃のことが思い出されるのか、伊予訛《いよなま》りになった。

「まあ、銅山総裁の広瀬新右衛門《ひろせしんえもん》さんにも気に入られていて、いずれ住友を背負う人じゃけんなあ……いや、立派なもんじゃ」

「それより、おまえのことや。どうやって、『丹波屋』に潜《もぐ》り込んだ。『堺屋』さんに引き合わされたときは、吃驚したぞ」

訝《いぶか》しげな顔になる清吉に、鉄次郎はニコニコ笑いながら、

「儂の方が驚いとる。人生ちゅうのは一寸先のことも分からんもんじゃな」

と、この一年のことを振り返るように話して聞かせた。

橋梁《きょうりょう》普請に人足として関わったことから、ひょんなことで『丹波屋』の主人に気に入られて、半ば強引に養子にされたことや、問屋仲間から脱して、直取引で材木を扱って、大きな店の借金を返済したことなどを手短に話したが、

――到底、信じられへん。

という顔で、清吉は見ているだけだった。

「しかも、島之内じゃのうて、船場も船場、北船場の老舗の旦那様や……こっちは雇われの身やから、格が違うわい」

長堀川を挟んで、船場の方が「北組」、島之内の方が「南組」と町政上、分かれていただけだが、清吉はわざとへりくだって言った。むろん、清吉にはそんな気持ちはさらさらない。ただ、島之内には商家も多いが、職人の町であり、中橋筋《なかばしすじ》、太左衛門《たざえもん》筋《すじ》、畳屋町筋《たたみやまちすじ》という〝三筋〟と呼ばれる花街があった。宗衛右門町《そうえもんちょう》、久左衛門町《きゅうざえもんちょう》、

玉屋町《たまやちよう》、菊屋町《きくやまち》などの色里も多かったから、おのずと町の雰囲気が違った。
北船場には、鴻池《こうのいけ》、三井《みつい》、天王寺屋《てんのうじや》、平野屋、升屋《ますや》などの豪商があり、誰もが羨《せん》望《ぼう》の目で見上げる町であって、商人たちは競うように、自分の娘を船場の大店に嫁がせようとしたほどだ。

——そのような町に、あの鉄次郎がいるとは……。

四国の山奥で、地を這うように暮らしていた男が、一挙に華やかで上等な商人になっていることを、清吉はなかなか受け入れることができなかった。

「たしかに、この大坂には『銭が落ちとる』と言われてて、知恵と度胸、才覚があれば、田舎者《いなかもの》でも一気に稼ぐことができる。中には、一代で長者や分限者とはいかなくても、俄《にわか》成金になれる者は幾らでもおるやろ。そやけど、私にはどうしても……おまえの話を鵜《う》呑《の》みにすることはできん」

「言いましたやろ。儂が一番、吃驚してるのや」

「そうは思えんが……一体、何を企んでいるのか、知りたいもんやな」

「企む？」

「ああ。おまえは別子銅山にいたとき……」

「いたとき？」

鉄次郎は次の言葉を待っていたが、清吉は何も言わなかった。

おそらく、長崎に送るべき棹銅を抜いたと、鉄次郎に疑われたことを、まだ怨《うら》みにでも思っているのであろう。まずいことを穿《ほじく》り返されてはかなわぬとばかりに、黙っていた。

止めていた息を吐き出すように、清吉は上目遣いで、

「まあええ……何があったかは知らんが、『堺屋』さんが後押しするくらいやから、よほどのことがあるのやろ。だが、あの人はなかなか食えん人や。気をつけてた方がええで」

「文左衛門さんのことかい」

「ささやかな、私からの忠告や」

清吉は恩着せがましく言ったが、本音は鉄次郎とどういうつきあいかを探るような目つきであった。

「問屋仲間をやめてまで、商売ができたってことは、やはり『堺屋』のような後ろ盾があったからだろうが、それだけで多額の借財を返せたとは思えんがな」

「運もあったのやろう。丁度、公儀橋をいっぺんに造り直したり、修繕したりすることがあったけんな。どっと注文がきたのや。橋には縁があるのかな」

『丹波屋』と知り合うキッカケになったのも、橋のお陰だったと改めて思った。

大坂には、大川の天神橋《てんじんばし》、天満橋、難波橋《なにわばし》、大和川《やまとがわ》の京橋、平野川《ひらのがわ》の鴫野橋《しぎのばし》、道頓堀の日本橋《にっぽんばし》、東横堀川の高麗橋《こうらいばし》など、十二の公儀橋があった。幕府が直轄する橋で、ふだんは大坂城代や町奉行所が管理しているが、改築改修はもちろん公金による。大坂市中には二百近い橋があったが、裕福な商家が多いゆえ、ほとんどは町人が〝余内《よない》銀〟という金を集めて造っていた。

だから、鉄次郎はいわば、俄に〝公共事業〟の恩恵を受けたようなもので、しかも産直という材木の安さが功を奏して、『丹波屋』の独占のようになったのである。

「それで、今度は……大坂城代様から、百艘もの船を造れと命じられたのか……しかし、ほんまのことかい」

「直に頼まれたわ」

「城代様に会うたことがあるんか」

「ああ。一度、だけやけどな」

清吉の目に、かすかではあるが、嫉妬《しっと》の色が浮かんだ。

「ほう……たいしたもんじゃのう」

「もっとも、正直な話、儂は船を造る術も知らなければ、能力もない。必要な材木を調達することくらいしかできんが、ある人に頼んで、船大工や造る場所など、色々と手配して貰っている。なんせ、大型の船は公儀とて、大昔のしか持っておらんからな」

「ある人って誰や」

「萬請負問屋の『恵比寿屋』さんや」

「ああ……」

ちょっと知っているという顔になった清吉に、鉄次郎は確かめるように、

「どんな人か教えてくれんか。この人も、なかなか面白くて、儂も随分と面倒見て貰ったが、やっぱり心の奥底までは分からん。裏の渡世とも繋がりがあるようやし、妙に不気味な面もある」

「難波津の『恵比寿屋』角兵衛といえば、湊を使う商人で知らん者はおらんし、色々と顔も広いやろが……さっきの『堺屋』さんと同じように、気を許さん方が利口やと思うで」

「そう言っているあんたが、儂は一番、恐いわい。この額に傷をつけられた上に、はっきり言うて、あんたにハメられて別子を追いだされたンやからな」

「…………」

「でも、もう気になんぞしてない。大坂に来てから、儂はもう昔のことを振り返らんと心に決めたんや」

自分に言い聞かせるように断ずると、清吉は含み笑いをして、

「なら、何をしに、ここへ来たのや」

「え……？」

「うちに用事があったとも思えん」

「あ、いや、ちょっとその先にな……そろそろ、おいとまするわ」

少し声が上擦《うわず》って、腰を上げようとする鉄次郎に、

「誰ぞに私の噂でも聞いて、おみながいるとでも思うて、会いに来たか」

と清吉は言った。

「ば、ばかなことを……」

俄にカッと頬が熱くなるのを、鉄次郎は感じていた。図星だなと思った清吉は、さらに勝ち誇ったような顔になって、

「残念やが、おみなはここにはおらん。私は通いで、店に来ておるしな」

「あ、ああ……」

「気になるか、おみなのことが」

「いや……」

「正直に言うたら、ええ。あいつも、おまえのことを、気にしてたで。時々、思い詰めたように、銅山越えの方を眺めよった。もっとも、こっちへ来てからは、その青い山も見ることは叶わんがな」

嫌みたらしく言う清吉から、鉄次郎は思わず顔をそむけた。その横顔をじっと睨みつけるように、清吉は言った。

「おみなは……病になってな……有馬《ありま》の湯治場で、長い間、療養してる」

「病……!?」

驚いて目を戻した鉄次郎に、清吉は淡々と、他人事《ひとごと》のように伝えた。

「産後の肥立《ひだ》ちが悪うてな、昔からの持病が色々と出てきたのや。親のこととか、惚《ほ》れてもおらん男と一緒になった心労もあるかもしれん」

「もう、子が出来たのか」

「跡取りはでけた。とりあえずは、嫁としての務めは果たしたというところや」

「そんな言い草はないやろ」

「まあ、おまえとは一生、関わりないこっちゃが……商いは商いや。堺屋さんへの顔も立てにゃならんから、困ったことがあったら、何なりと頼みにくればええ。できることは、精一杯してやるさかいな」

本音は違うところにあるようだが、清吉はそう言った。もしかしたら、『丹波屋』が何かに利用できると踏んだのかもしれないが、鉄次郎は黙っていた。

それからすぐに『泉屋』から出て、店へと戻る道中、鉄次郎は、誰かからずっと尾《つ》けられているような気配が気になっていた。

長堀川から南船場に渡ろうとしたときである。

「旦那《だん》さん……丹波屋の旦那さん……ちょいと顔を貸してくれまへんか」

声をかけてきた男は、見覚えのない顔だが、印半纏《しるしばんてん》には『丸に段』と染め抜きがある。立売堀の段五郎の身内の者だということがすぐに分かった。他にも数人、ならず者まがいの顔つきの男たちが一緒だった。権八の姿はない。

「なんや。顔を貸せとは、喧嘩でも売るつもりかい」

鉄次郎が相手にせずに行こうとすると、

「そうではありまへん。実は、困ったことが起こってしまいまして」

先頭のひとりが、恐縮したような態度で答えたが、目つきは獣《けもの》の鋭さがあった。

「用なら、店の方へ来てくれ。こっちが何度も、段五郎さんを訪ねても会《お》うてもくれなんだのに、道端でいきなり顔を貸せはないやろ。来いというなら、改めて立売堀の方へ行くから、そう伝えてくれ」

「その話ではないんです、へえ」

腰を屈めた男たちは、それぞれがさりげなく匕首《あいくち》をちらつかせていた。そんなことで気後れする鉄次郎でないことは、相手も分かっているはずだ。が、大店の主人という立場上、手出しを出来ぬと踏んでいる節もある。

「鬼門というのが当たったみたいやな」

「――え……？」

「今、ちょいと気分が悪いのや。怪我をせんうちに、どっかへ消えてくれ」

「そうはいきまへんな」

印半纏がさらに目を細めて、ズイと前に出てきた。問答無用で掴みかかってくる手を、鉄次郎は払いのけて、

「気分が悪いちゅうとるやろッ」

と腹が立ったように言った途端、相手は待ってましたとばかりに匕首を抜き払った。他の者たちも懐に手を入れて、いつでも刺せるぞという面で威嚇した。

「研市の居場所を教えて貰おうか」

「そんなもん知るかい。用があるなら、てめえらの足で探せや」

「死んでもええのか。あんたの大事な幼馴染みやろうが」

「勝手にせえ」

「うちの親分の女を連れて逃げといて、ただで済むと思うなよ」

「やっぱり、そんなことかい」

「金で片づけてやろうって言うとるのや。うちの親分は揉《も》め事は嫌いやからのう」

一歩も引かぬという顔の印半纏に、

「――なんぼ欲しいのや」

と訊いてしまってから、鉄次郎はシマッタと思ったが、助けてくれと叫ぶ研市の姿が脳裏にちらりと浮かんだのだ。

「半端な金じゃあかん。今度の百艘の船造りから、手え引け」

「なんやと……？」

「三日だけ待ってやる。ええ返事持ってこい。どや、親分は気が長いやろう」

「………」

「下手なことをしたら、研市どころか、店をめちゃくちゃにしたるさかい、そう心得ておけや。のう、若造ッ」

語気を強めると、男たちはニヤニヤ笑いながら立ち去った。

端から鉄次郎を傷つけるためではなく、立売堀の段五郎から何らかの弱みを握られて脅されている——という〝図〟が欲しかったのかもしれぬ。

遠目に見ていた野次馬たちが、何かひそひそ話をしているのが見えた。悪い噂が流れれば商売に響くことを承知の上で、今のならず者たちは仕掛けてきたのやな、と鉄次郎は思った。

「ド阿呆《あほ》が……売られた喧嘩は買《こ》うたる……立売堀の段五郎なんぞ、こっちが潰したるわい。覚悟しとけ、ボケ」

珍しく鉄次郎が苛立《いらだ》ったのは、おみなが病になっていることが気がかりで、心の何処かが波打っていたからである。

「——ふん」

雪駄《せった》の裏で、鉄次郎は地面を蹴った。

七

その夜、『丹波屋』の帳場の周りに、一番番頭の季兵衛は、二番番頭の美濃助、手代頭の杢兵衛、それに八之助《はちのすけ》や貞吉《さだきち》ら、主だった奉公人を集めて、神妙な顔で鉄次郎に詰め寄っていた。

重苦しい雰囲気は、まるで通夜《つや》のようであった。幾度も溜息が洩れていたが、帳場で算盤を弾いていた美濃助が、眉根を寄せた顔を上げた。算盤は幅一尺（三十センチ）、長さ三尺（九十センチ）の大算盤で、天玉は二個、地玉は五個ある。重さもあり、大人でないと容易に動かせないようなものだった。

「あきまへんな……このままでは、どうしようも、あらしまへん」

美濃助が深い溜息をついた。

「問屋仲間の方から、材木の調達はできないと言ってきました。完全に爪弾《つまはじ》きにされたわけです。覚悟はしておりましたが」

これまでは、借金返済のために貯木場を売却した『丹波屋』のために、問屋仲間の主人たちが好意で、材木の一時置き場を貸してくれていたのだ。それは、先代の徳右衛門への恩義ゆえのことだったが、〝村八分〟にされてしまっては商売は立ち行かなくなる。

鉄次郎は、材木商から〝股買い〟を避けるために、紀州や阿波《あわ》、丹波などの山持ちの所へ何度も出かけていた。直取引のためだが、その値が仲買が扱うものよりも廉価《れんか》であったために、問屋仲間からは文句が沢山でていたのだ。

しかし、『丹波屋』が扱っていたのは、公儀橋のように、お上から発注を受けたものであるから、町場の普請とは競合しなかった。本来、公儀普請は〝入れ札〟で行うところを『丹波屋』が独《ひと》り占め同然にしていた。それを商売仲間が認めていたのは、突然、亡くなった徳右衛門への香典代わりであったことと、若い鉄次郎を『堺屋』をはじめ長者たちが支援したからである。

「それもここまでと、材木問屋仲間肝煎《きもい》りの『播磨屋《はりまや》』さんが、賛同する問屋たちの連判状まで作って、うちに届けてきたんですわ。このとおり……」

連綿と並ぶ屋号と主人の名は、まるで討ち入りの血判状である。

「これまでのツケが廻ってきたと思うて、ここは素直に詫《わ》びを入れて、仲間に戻して貰うのが一番の方法やと思いますが」

そう決断するようにと、美濃助は鉄次郎に迫った。

「此度《こたび》の一件は、やはり、うちが百艘もの船造りの采配を任されたことへの不満が出たのやと思います」

慣習を無視した、常識知らずもいいところだと批判されていたことは承知していたが、嫌われているとは思わなかった。だが、公儀から大仕事を請け負ったことで、嫉妬を買ったことは間違いあるまい。

「もちろん、材木は他の問屋にも請け負って貰わなければ成り立たんやろう」

「そうは言っても、ぽっと出の若旦那さんに仕切られる方が、嫌なもんですよ。ここは、『播磨屋』さんの顔を立てて、すべてを委《ゆだ》ね、こっちは〝一介の問屋〟として、出直すつもりで取り組んだ方が利口やとおもいます」

「なるほど……美濃助さんの言うことも一理あるな」

「へえ。借金は半分に減ったわけやし、若旦那さんも北浜で、ちょっとは知られる人になった。大坂の長者さんたちからも、信頼されている。在庫もないのに、材木取引の金を貸してくれるなんて、なかなかありませんよ」

「だったら、美濃助さんの言うとおりにしてみよか」

鉄次郎があっさり結論を出すと、苦虫を噛《か》み潰したような顔をしていた季兵衛が、

「それでは済まされまへんで」

と口を挟んだ。

「鉄次郎さん……あんた、ほんまに商売を知らん、あかんたれ、やな」

「ああ。素人やから、番頭ふたりに助けて貰《もろ》うとる」

「あんたのお陰で、奉公人は三分の二の四十人程に減ってしもうたから、その分、仕事が増えて、みなきつうなった。ま、それはええわい。人減らしで金が嵩《かさ》まずに済む

からな。けど、私らが裏でどんだけ頭を下げてきたか、あんた知っとるか」

「もちろん、よう承知しとる。改めて、礼を言う。このとおりや」

深々と鉄次郎は頭を下げた。だが、季兵衛は自分が店の主人であるかのように、反《そ》っくり返ったまま、

「私らが頑張るのんは、あんたのためやありまへん。『丹波屋』の暖簾を守るためでおまっさかい、これからは美濃助が言うように、問屋仲間に戻って……と言いたいところやが、そう簡単に許されへん」

と勿体《もったい》つけるような顔つきになった。自分がなんとかしてやろうという恩着せがましいことを言うのかと、鉄次郎は思ったが、そうではなかった。

「問屋仲間に戻ることはできまへん。『播磨屋』さんから、はっきり言われましてな。これ以上、一緒にはできないと」

「その訳は？」

「訳もへったくれもありますかいな。うちの店が、どれだけ他の材木問屋に迷惑をかけたと思てんです。今更、どんな顔をして仲間に入れてくれと言えますか。〝横紙破りの鉄次郎〟と陰口叩かれてますのやで」

「そうか……本当は、段五郎から突《つっ》かれたのと違うのか。実は今日、妙な輩に絡まれ

てな。幕府の船造りから手を引けとな」

真顔になって鉄次郎が言うと、美濃助はえっと驚き、杢兵衛や他の手代たちも動揺を隠せなかった。季兵衛だけは聞き飛ばしたような表情だったが、一様に心配そうだった。

「実は私も……」

意を決したように杢兵衛が、ささやくような声で、

「立売堀の親分の身内の者に、脅されたことがあります。これは昨日今日に始まったことじゃのうて、『他の店に移った方がええで。どうせ、すぐ潰れる』などと何度も……奉公人を追いだそうとしているのは見え見えだったので、恐かったですが我慢してました」

「私もです……」

八之助や貞吉も似たような嫌がらせをされたという。そのことは美濃助に相談していたが、無視をしておけと言われたので、鉄次郎には黙っていたという。

「すんまへん……旦那さんに話して、カッとなって段五郎さんのとこへ、怒鳴り込んだらあかんと思いましてな」

美濃助はそう言って頭を下げた。

「なんや、水臭いな。でも、そんなとこまで気を遣《つこ》うて貰《もろ》うて、申し訳ない」

また謝る鉄次郎に、美濃助たちはそれぞれ首を振って、

「そんなことおまへん。旦那さんがおらなんだら、この店はとうに潰れてます」

「ええ。おそらく、他人《ひと》のものになってましたやろ」

「私らは、先代からの暖簾を大切にしたいという思いもありましたが、なんというか、旦那さんの背中を押したい気にもなりましてん。新しい何かができる気がして」

などと口々に言った。

「そうか……そうやったのか……」

鉄次郎はありがたいなと思いながらも、自分の未熟さゆえに、奉公人にいらぬ心配をかけていたのやなあと改めて気づいた。

「けど、これからは、そうはいきまへんで、鉄次郎さん」

険しい目で、季兵衛は身を乗り出した。

「たしかに、長者さんたちの集まりの〝大黒講〟では、あんさんを応援しているようやが、皆が皆ではない。あの人たちにとっては、ひとつの遊戯《ゆうぎ》にすぎんのや」

「遊戯――？」

「そや。あんたが、このまま『丹波屋』として生き残るか。それとも、お釈迦《しやか》にし

て、元の木阿弥《もくあみ》に戻るか……ちゅう賭けや」

長者や分限者は、本業はなんであれ、大名や商家に金を貸して、その利子で稼いでいる。『世間胸算用《せけんむねさんよう》』にも、

——今の世の中の商売に、銀《ぎん》かし屋より外《ほか》によきことはなし。

とあるとおり、自分の見立てが正しかったか間違ったかというのを〝遊び〟にしているのである。まるで丁半博打のように、どっちに転がるか分からぬ人間に金を貸して、損するか得するかを賭けているのだ。まるで、人の人生を弄《もてあそ》ぶように。

もっとも賭けられている方は、損するわけでも得するわけでもない。遊戯の対象にされているとは知らず、一所懸命やっているだけのことである。

「ですがね、鉄次郎さん……その長者さんたちも、そろそろ、あんたと遊ぶのは飽きたらしい。いや、もしかしたら、これ以上やっても、面白《おもろ》うないと思うたのかもしれん。これまで、材木の元手を貸してくれてた人も、断ってきてます」

「そうか……」

あっさり答える鉄次郎に、季兵衛は少し苛ついて、

「暢気《のんき》ですなあ。山持ちはもう直には売ってくれず、長堀、堀江、道頓堀川の浜辺の材木屋からも仕入れられず、どうやって船を造るつもりです」

「たしかに、困ったもんやなあ……」

「どうやら、あんさんは、立売堀の親分をちょいと舐めてたようやな……言われたとおり、船のことは諦める、手放すと申し入れた方がよいのと違いますか。もちろん、城代様にもきちんと話をして、自分で自分のケツを拭かなあきまへん」

「そやなあ」

「今ならまだ、下請けでも何でもして、材木商として生き残るために、ギリギリ話し合いの余地はあるかもしれまへん。わてが『播磨屋』さんと段五郎親分に話をつけまっさかい、ここんところは……」

「いや、まだ三日ある。立売堀の親分さんは気が長いのやて」

皮肉で言った鉄次郎は、とにかく今できるだけの材木の確保をすることを命じて、後はしばらく考えさせてくれと席を立った。

その夜は――。

妙に疲れて、湯を浴びるとすぐさま寝てしまったが、翌朝、青天の霹靂《へきれき》ともいうべき事態が起こった。

三日を待つことなく、『播磨屋』の使いとして、番頭が鉄次郎のもとを訪れて、

『今後、一切、大坂にて、材木を取り扱うことを許さず』

との絶縁状を突きつけた。

事情を聞けば、『播磨屋』も段五郎から、言いなりにならなければ、立売堀で働いている材木に携わる人足をぜんぶ引き上げると脅されたというのだ。そうなれば、大坂中の普請がすべて止まってしまい、にっちもさっちもいかなくなる。材木問屋は大損を被《こうむ》るし、世間も困ってしまう。事が大きくなってくると、大坂城代も『丹波屋』との約束は反故《ほご》にするにちがいあるまい。

「ここまでやるとは……何か裏がありそうだな……」

鉄次郎はすぐさま、段五郎に直談判しようと余所行きの羽織に身を包んで、季兵衛や美濃助が止めるのも聞かずに出かけた。

地面が焼けそうなほどのカンカン照りである。

すぐさま胸の辺りに、じっとりと汗が滲《にじ》み出てきたが、歩みが速くなるたびに、頭の奥に血が昇ってきた。ただの怒りや苛立ちではなく、むしろ義憤《ぎふん》に駆られていた。

——問屋仲間も、とどのつまりは、古いしきたりにしがみつき、自分たちの利益だけを考えているのだ。

と鉄次郎は感じていた。段五郎のような弱い者虐めを生業《なりわい》とする輩を頼ることにも、何とも言えぬ不快な気持ちを抱いていた。

西横堀川を四ツ橋の方に向かっていると、対岸に高く積まれた材木の山が見えてきた。製材された白い木材も建物のように聳《そび》えている。大勢の人足たちが、声をかけながら汗を流して働いている姿を見て、鉄次郎は心が萎《な》えるどころか、ますます高揚してきた。

四ツ橋とは、西横堀川に架かる上繋橋《かみつなぎばし》、下繋橋《しもつなぎばし》、長堀川に架かる吉野屋橋《よしのやばし》と炭屋橋《すみやばし》のよっつが、川の交流点で、丁度、四角を描くように架かっている。それぞれの橋から、別の橋の上や四方の町並みが見渡せ、眼下には絶え間なく、船が往来しており、広々とした趣《おもむき》のある情景だった。

最も立売堀に近い上繋橋を渡っていると、その途中に、このクソ暑い中、数人の物乞いが並んでおり、

「ええ、右や左の旦那様あ……哀れな身の上でございます……どうかお恵みを……」

と声をかけている。

通りすがる人の中には銭を放り投げている者もいるが、今日の鉄次郎はそのような気分ではなかった。

すると、物乞いのひとりが、

「今日は、随分とお急ぎでんな。そっちは鬼門なので、気をつけて」

そう言って顔を上げた。見ると、昨日、別の所で見かけた物乞いである。

「——あんたか……」

「昨日は、どうでした？」

「ああ、たしかに当たっていたな。そのせいで、今日も難儀が増えた」

「だったら、そっちゃ行くのやめた方がよろしいでっせ」

「忠告はありがたいがな」

苦笑いをして先へ急ごうとすると、履き物の鼻緒が切れた。あっと足先で引き寄せようとしたが、逆にぽんと履き物は宙を舞って、欄干《らんかん》の間を抜け、下の川にポチャンと小気味よい音を立てて落ちた。

「あっ……！」

「そやから、鬼門ちゅうたでしょうが」

「昨日はあっちで、今日はこっちかいッ」

「いいえ。今の若旦那さんは、四方八方、鬼門だらけや。特別に、風水で見てやってもよろしいで？」

物乞いは手を差し出した。鉄次郎はふんと鼻で返事をして行こうとしたが、片方の履き物がないので歩きにくい。

「鼻緒が切れただけで、雪駄が飛び、雪駄がのうなっただけで、あんよが痛い」

まるで都々逸《どどいつ》でも歌うような調子で、ゆっくりと立ち上がった物乞いは、薄汚れた莫蓙《ござ》を丸めながら、

「今、喧嘩をしにいっても負けまっせ」

「え……」

「負ける喧嘩はしたらあかん……なあ、『丹波屋』の若旦那さん」

物乞いは、手招きをしながら、橋を渡りはじめた。

自分の屋号を呼ばれて、鉄次郎は不思議そうな顔になったが、物乞いは振り返り、

「何してるのや。こっちやがな」

と当然のように、また手招きをした。

行く手は川面の照り返しがあって、キラキラと眩しい。まるで異界にでも導かれるように、鉄次郎は物乞いに誘われるままに、ふらふらとついていった。

町の喧騒《けんそう》や橋の下の船を漕ぐ音が、どんどん消えていくような錯覚を覚えた。

第二章　どけちの神様

一

四ツ橋から西の方へ向かうと、すぐに新町である。

新町は幕府に公許された遊里で、日本で一番広かった。近松門左衛門《ちかまつもんざえもん》の浄瑠璃『夕霧阿波鳴渡《ゆうぎりあわのなると》』で有名になった妓楼も、この一角でまだ営んでいた。

まだ真っ昼間だから、夜の艶《なま》めかしさはないが、遣《や》り手婆《てばば》や格子《こうし》の奥におとなしく座っている遊女たちの姿に、鉄次郎は不思議な気持ちになった。女遊びをしたいからではない。前を歩く物乞いの姿とこの色町の情景が、まったくそぐわなかったからである。

しかも、何処《どこ》からともなく、日常の音が聞こえる。櫓《ろ》の音や鋸《のこぎり》を引く音、物売りの声や大工ら職人の掛け声などが、遠くではあるが雑多に入り混じって、耳に飛び込んでくるのだ。江戸の吉原《よしわら》や京の島原《しまばら》に行ったことがあるわけではないが、遊郭は三味線や小唄の声が聞こえたとしても、普段の物音はしない。それが、鉄次郎には奇異に感じられた。

「――こっちや、こっち……」

物乞いはさっさと先を急ぐように、振り返っては手招きをしながら歩いていた。擦《す》れ違う出商いたちは、物乞いのことを蔑《さげす》んで見たり、邪険《じゃけん》に扱ったりはしていない。妙に風景に馴染《なじ》んでいるのだ。

考えてみれば、西横堀川から木津川の方へ開けた界隈《かいわい》は、西船場とか下船場、あるいは外船場と言われて、豪商がいる〝北組〟から格下に見られている。だが、豪商が大企業ならば、この界隈は中小企業が並ぶようなもので、西船場に活力がなければ、大坂は成り立たぬ。

北の土佐堀川あたりには武家の蔵屋敷が軒を連ねるが、江戸堀川《えどぼりがわ》、京町堀川《きょうまちぼりがわ》、立売堀川、海部堀川《かいふぼりがわ》、薩摩堀川《さつまぼりがわ》と南下するに従って、庶民の賑《にぎ》わいを見せる。雑喉場《ざこば》や材木市などの大きな市場が立っているから、何百軒という仲買や問屋の店が広がって、船場や島之内よりも繁栄していた。町中の堀川を往来する船の群れが、その活気を物語っている。

そんな町中だからこそ、色里である新町もまた栄えていたのだ。さっぱりとしていて、変な嫌らしさがないのは、いかにも町人の町らしい西船場ならではの明るい雰囲気に包まれていたからであろう。

もっとも、元和《げんな》年間に木村又次郎という浪人が幕府に申し出て、新町ができた当初は、このような開けた感じではなかった。吉原や島原と並び称せられた三大遊郭である。町の周囲は竹垣と深い溝《どぶ》で取り囲まれて、西側にある黒塗り大門だけが外界との繋がりだった。しかも、新町の周りには、東西南北に堀川があり、〃通行制限〃もされていた。

しかし、明暦《めいれき》年間には東門ができたため、船場や島之内から、どんどん客が来るようになり、郭内の大通りが東西に通り抜けできるようになった。鬱蒼《うっそう》とした竹垣は取っ払われ、代わりに板塀になった。さらに、享保《きょうほう》年間には吉原町大門、宝暦《ほうれき》年間には新京橋町大門ができて、〃風通し〃がよくなり、遊女ですら番人に金さえ払えば、外界に行くことができるような新町に変貌してきたのである。

ここが大坂たるところで、江戸や京では考えられない開放感であった。

しかし、物乞いは張り見世《はりみせ》格子の中を覗こうともせずに、淡々と先に進んだ。遣り手婆や忘八《ぼうはち》たちは、

「汚いなあ。あっちゃ行け」

と蹴散らすような真似をしたりしていたが、それでも実際に手を出すことはない。

物乞いは時折、茣蓙《ござ》を地面に引きずりながら、薄汚れた着物の裾《すそ》をたくし上げて歩き続けた。鉄次郎にはまるで、新町を案内しているかのように見えた。

たしかに、大坂に来てから、戯《たわむ》れに安女郎を買ったことはあるが、長者や分限者と呼ばれる人たちとつきあっても、新町の遊郭に上がったことはなかった。冷やかしで見て廻ったことはあるものの、莫大《ばくだい》な借金を抱えた大店の主人が、女遊びをすることは何となく憚《はばか》られたのだ。

事実、鉄次郎が知り合った商家の者に、こんなことがあった。

小さな紙問屋の主人だが、道端で財布を拾った。その男は、町の番屋に届けたのだが、番人が中を確かめると、お守りや手形などから、新町遊郭の妓楼主のものだと分かった。

「ああ、そこならば分かる。丁度、そっちの方に用があるから渡しておくよ」

主人は気軽に請け負って、財布を妓楼主に届けに行った。

妓楼主は大喜びだった。財布の中にはざっと十両分の銀貨が入っていたから、もう戻らないと思っていたのだ。わずかばかりのお礼と金を渡そうとしたが、紙問屋は頑《かたく》なに拒《こば》んだ。親切で届けにきただけだから、いらないというのだ。

この紙問屋はクソがつくくらい真面目な男で、働くことだけを生き甲斐《がい》にしており、決して無駄遣いをしなかった。だから、金の有り難《がた》みをよく知っていたのである。

「ならば、せめて、うちの太夫《たゆう》の顔だけでも見ていって下さいな。それがせめてものお礼。目の保養になりますよ」

新町で一、二番と呼ばれる太夫だというのだ。

クソ真面目な紙問屋は鉄次郎同様、冷やかしで新町を通り抜けたことはあるが、妓楼に上がったことはなかった。そんな美形ならば、話の種に一目だけ見てみようと入り口で待っていたが、それが間違いのもとだった。

たった一目拝《おが》んだだけで、パッと紙問屋の頭の中で何かが弾けた。あまりの美しさに心がときめいたのだ。

さすがに、そのときはそそくさと退散したが、太夫のことを忘れることが出来ない。日を改めて、妓楼を訪ねて、二度、三度と逢瀬《おうせ》を重ねているうちに、すっかり太夫の虜《とりこ》になり、苦労に苦労を重ねて築き上げた身代が、すべて水の泡になったのである。

——げに女は恐ろしい。

鉄次郎はそんなことを思い出しながら、我が身を顧《かえり》みて、

「あかん、あかん……店の借金を返すまでは、我慢やど」

と目を伏せて自分に言い聞かせ、ひょこたんひょこたんと前を歩く、丸まった背中

を追いかけるのであった。

木津川方面に門を潜《くぐ》ると、どこからともなく潮の香りのする海風が吹いてきて、鉄次郎の鼻孔をくすぐった。陽光がさらに強まったように見えるのは、遊郭の二階家の屋根に遮《さえぎ》られていたのが、一挙に取っ払われたからだ。

西門を出てすぐの路地を長堀川の方へ折れると、瀟洒《しょうしゃ》な門構えの屋敷があって、そこだけがポツンと松の木に囲まれて浮いているようであった。

町人は門を構えることはできないから、武家屋敷であろうかと思ったが、冠木門《かぶきもん》に見えたのは門ではなかった。左右の太い柱の上に松の枝が左右から伸びてきていて、丁度、門のように見えるのだ。わざとそう剪定《せんてい》しているのであろう。

物乞いは〝松の門〟の前で立ち止まると、すぐ手前の小径《こみち》に入って、

「あんたは、ここで、待ってなはれ。すぐに誰かが迎えに来るさかい」

と逃げるように、ひとりで裏手に消えた。

「お、おい……」

鉄次郎が困惑している間もなく、物乞いの言葉どおり、下男風の小柄な中年男が門内から現れて、

「お待っとさんです。さあ、こちらへ」

と手招きをした。鉄次郎がためらっていると、下男は真面目な顔で、

「ここは、松の門て言いますのやが、人を待つの、〝待つの門〟と懸けてますのやわ」

「…………」

「この屋敷の主人は、ちょいと人嫌いでしてな、めったに人と会わないのやけど、不思議とあの物乞いが連れてきた人だけは、通すんですわ」

「――どういう意味ですか」

訝《いぶか》しげに首を傾げる鉄次郎に、下男は表情を崩さないまま、

「とにかく、こちらへどうぞ。茶でも飲みながら、待っといておくれやす」

と玄関に招き入れられた。

大きな造りではないが、どこぞの商家の別邸のような雰囲気があった。入った所には、風神雷神図を模したような金屏風《きんびょうぶ》があって、左右に廊下が広がっている。

履き物を脱いで上がると、下男に誘《いざな》われるままに右手に延びる長い廊下を歩かされた。ところどころに表装された書や絵があって、主《あるじ》の趣向がよく分かった。

幾つかの廊下を左右に曲がって行くと、正面に満開の桜を描いた襖《ふすま》が現れた。そこを抜けると、四畳半ほどの部屋があって、その先には、大海原《おおうなばら》を走る帆船の向こうに入道雲が立ち上る襖絵があった。

その襖が開かれると——眩《まぶ》しい光が鉄次郎の目に飛び込んできた。木津川を借景にした庭に面した部屋で、庭の手前には琵琶湖《びわこ》のような池がある。池の中には、赤い鳥居のある小さな島が浮かんでいて、キラキラと水面が光っている。ぴちっと金色の鯉《こい》が跳ねたが、屋敷の中が薄暗いから、余計に眩しく見えた。

庭が見える所に、鉄次郎は座らされて、

「しばらく、お待ち下さいまし」

と下男は、あらかじめ用意していたかのように、花の形をあしらった茶菓子を差し出して立ち去った。

「——な、なんや……」

鉄次郎は甘い物には手をつけずに、眩しい池の面とまるで繋がっているように錯覚をする木津川を眺めていた。

材木を組んだ筏《いかだ》や川船が無数に流れている。はっきりとは聞こえないが、人足たちの声が遠くから響いている。それらが、まるで別の世界で起こっているように感じた。

あまりにも、ぼうっとしていて、頭の中が真っ白になってしまった。

どれくらい時が経ったか——。

廊下の鶯《うぐいす》張《ば》りの音が鳴って現れたのは、年の頃は五十絡みであろうか。背筋をしゃんと伸ばした精悍《せいかん》な顔つきで、きれいに町人髷《ちょうにんまげ》を結っており、髭《ひげ》もさっぱりと剃っている。高級そうな絹の羽織からは、何とも言えぬ芳香が漂《ただよ》っていた。

「お待っとさん。何を見てたのや」

と声をかけてきた当家の主人らしき男を、鉄次郎はぼんやりと見上げた。

「あまりに、ボサーッとしてたんでな。声をかけ損ねたで」

気さくに話しかけてくる男は上座に座ると、陽光のようにニコニコと笑った。近づくと、何となく面長で、何処かで見たことのあるような気がする。

「なんや。この顔になんかついてるか？」

ぎろりと動いたその目ン玉に、鉄次郎は凝然となった。

「わてが、当家の主人・喜多野千寿《きたのせんじゅ》でおま」

「きたの……せんじゅ……」

「おま」

千寿はもう一度、にこりと笑った。

「——もしや……まさか、あんた……」

鉄次郎が目を丸くするのへ、千寿は小さく頷《うなず》いて、

「まさかの物乞いでんにゃわ」

と言って、何がおかしいのかケタケタと声をあげて笑った。

二

茶室、茶道具、点前《てまえ》のみっつが揃《そろ》って〝茶の湯〟と言えるが、千寿はせっかちな性格なのか、さっさと茶を点《た》てた。

それが正しい作法なのかどうか、鉄次郎には分からない。ただ小堀遠州《こぼりえんしゅう》の茶入や織部《おりべ》の茶碗を無造作に扱っている仕草を見て、

——勿体《もったい》ないなあ……。

と鉄次郎は思った。もちろん、鉄次郎に真贋《しんがん》を見極める眼力や経験があるわけではない。この一年、『堺屋』をはじめ、色々な人たちから茶会に呼ばれた折りに、茶人によって丁寧に教わったことがあるだけだ。

「茶は人なり……ちゅうからなあ。わての茶は随分《ずいぶん》と乱暴やと思うやろ」

千寿はさっと茶碗を差し出して、

「ちゃうねん。あんたに合わせてるだけや。さ、お飲み」

「あ、はい……」

鉄次郎はすっと飲んでから、ああ丁度よい湯加減やなあと思った。最初はぬるくて、二杯目、三杯目となるに従って熱くしてゆくというのが、客人に対する思いやりだということを聞いたことがある。

「それにしても……」

鉄次郎はまじまじと千寿を見つめた。

「この歯か？　いつもは抜けてるからなあ。近頃は、ええ入れ歯があるさかいな」

「いや、そのことではなくて……まさか、こんな立派なお屋敷を持つ人とは到底……」

茶碗を手にしたまま、改めて室内から庭まで見廻した。

「人を見かけで判断したらあかんがな。親にそう教えられなんだか。それに、ここは別荘みたいなものでな。本宅は堺《さかい》にあるのや」

「堺に……」

「うちは元々、戦国の世から続く豪商の末裔《まつえい》でんねや。先祖は、今井宗久《いまいそうきゅう》や松江宗安《まつえそうあん》、博多《はかた》の島井宗室《しまいそうしつ》、神屋宗湛《かみやそうたん》らと並び称されるほどのお大尽《だいじん》だったらしい」

「ほんまですか？」

「さあ、分からん。そやけど、少なくとも、うちの親や祖父は、堺で指折りの廻船問屋やった。そら、これくらい凄いでえ」

千寿は思い切り手を広げて、円を描きながら、

「分かるか？」

と訊いてきたが、鉄次郎には何のことか、まったく分からなかった。

「さあ……なんのことですか」

「人間、どんなに頑張っても、手に入るのは、せいぜいがこんなもんやないか。それ以上、欲張るなちゅうこっちゃがな」

「──はあ……」

「分からんか？」

鉄次郎はそれには返事をせずに、

「それより、喜多野さん……なんで、わざわざ、物乞いの格好なんぞして、町場のあちこちに座ってるんですか」

「商売《あきない》やがな」

「まさか……からかってるんですか？　物乞いをして、こんな立派な……それに、たった今、堺の豪商の末裔やと言うたやないですか」

「色々あって、わてがガキの頃に、店が潰れてしもうてな、一家離散どころか、父親は首吊って死んでしもうて、おふくろも流行病《はやりやまい》で死んで、天涯孤独になったわては、地面に落ちてるものを拾うか、人に物乞いするか、盗みをするしかなかったのや」

妙にサバサバとした態度の千寿の話は、どこまでが本当で、どこからが嘘か分からなかった。噺家《はなしか》か講釈師のような口ぶりに、鉄次郎は胡散臭《うさんくさ》さすら感じて、どう答えてよいか分からなかった。

「ところで……なんで、儂《わし》を誘うたんです。物乞いを蔑んだから、目に物見せてやろうという腹づもりだったんですか」

「こんなことをするのは、めったにない」

「…………」

「けど、言うとくが、ここに来て、成り上がらんかった奴はおらんで」

「儂は別に成り上がろうとは思うてない。ただ、他人様から預かった店の借金を返すだけだ。今のところ、それしか頭の中にはないもんでね」

「そやそや。ええこと言う。千里の道も一歩からや」

千寿はからかっているかのように笑ってから、二杯目の茶を出した。少し苦くて、熱めだったが、まだすっと喉に通るほどの適温であった。鉄次郎は感心して、

「ええ加減ですな」

「さよか。気持ちもそうならんとな」

「気持ち……」

「さっきのあんたの顔つき、真似したろか。こんなンだったで」

急に眉間《みけん》に皺《しわ》を寄せて、目を吊り上げ、口元を歪《ゆが》めると、まるで般若《はんにゃ》の面のように恐い顔になった。穏やかな表情は作ったものだったのであろうかと、鉄次郎が驚いて何も言えずにいると、

「そんなに吃驚《びっくり》することないやないか。あんたの鏡になってやっただけや」

「どういう意味です。さっきから禅問答してるようやが」

「茶の湯と禅は深い関わりがあるしな。堺といえば、千利休《せんのりきゅう》や。そういや、うちと利休さんも親戚だった……かもしれんな」

たわいもない出鱈目《でたらめ》を言いながらも、千寿の頭の中は冷めていて、値踏みされているようにも感じた。

「でも、まあ聞きなされ。あのまんま、立売堀の段五郎に掛け合いに行ったところで、喧嘩して、それでしまいだっせ」

「！……」

これまた、どうして知っているのかと、鉄次郎はまたもや困惑の顔になった。

「――わてはな、この一年、ずっとあんたを見てたのや」

唐突な言い草だったが、そう言われれば、何度か見たことのある物乞いの目を、鉄次郎はまじまじと思い出していた。

「実はな、材木問屋『丹波屋』の旦那さん……徳右衛門さんには、随分と世話になったことがあるのや。いや、あの人はわてのことを知らんやろ。覚えてもないやろ。あの人は、わてと同い年くらいやが、同じ人間と思えんくらい天と地ほど違う暮らしをしてた」

「同じ年くらい？　うちの旦那さんはとうに還暦を過ぎてたはずですが……」

「わてかて、還暦過ぎや」

「ええ？　たしかに物乞いのときは、皺くちゃやなあと思いましたが、こうして見ると日焼けした肌も艶々《つやつや》してて、十歳《とう》は若く見えますわ」

「世辞もそこまで言うと嫌味になるで」

「ほんまです」

真剣に答えた鉄次郎に、まんざらでもない笑みを浮かべて、千寿は続けた。

「あれは、わてが十六の頃やった……親が死んでから三年、遠縁に引き取られてはいたものの、そら冷たい仕打ちでな。毎日、毎日が虐《いじ》めと針の筵《むしろ》や……そのうちは裕福ではなかったから、自分ちの子供らの方がそりゃ可愛《かわい》いさかい、こっちは下働きと同じや。飯はくれたものの、煮魚や味噌汁は匂いを嗅《か》ぐだけで、香の物のひとつでもあればマシやった」

遠い所を見やって潤《うる》む千寿の目に、嘘はないと、鉄次郎は感じた。

「居づらくなってな……わては、その家を飛び出してしもうた……十五、六にもなって、働いてない方がおかしい」

大概の人間は、十二歳で奉公して、一生に三度しか里帰りができない。それくらい一生懸命、働き通すのである。

だが、その当時、何処も千寿を雇ってくれない事情があった。

父親が莫大な借金を踏み倒して死に、母親も後を追うように死んでしまったが、この父親の借金のせいで、取引先の中には、心中までしてしまった一家がいたのだ。それゆえ、

——そんな所の子は不吉だから御免被《ごめんこうむ》る。

と弾かれたのだ。

世間というものは冷たいということを、千寿は肌で感じたという。金というもの

は、連鎖して人の足を搦《から》めとって、どんどん地獄に引きずり落とすのだ。子供なりにそう感じていた。

「それで始めたのが、さっき言った、物拾い、物乞い、盗みやがな」

「盗み、まで……」

「飢えるほど貧乏してみい。終いには、物乞いか盗みしかない。これが道理や」

千寿は語気を強めてそう言うと、傍《かたわ》らの茶釜をかけている炭火を強めた。そして、何かを思い出して頷くような仕草をしてから、

「とうとう……盗みに入った……それが、『丹波屋』さんだった」

「うちに……」

「その日は天神祭《てんじんまつり》かなんかでな、店を開けっ放しにして、店の者が誰もおらん。どこぞで拾った前掛けをつけて丁稚《でっち》のふりをして、店の中に入ったら、取ってくれと言わんばかりに、帳場の手文庫が開いたままや」

「…………」

「大層な大店のくせに、随分とぬるいことしとるなアと思うたが、千載一遇《せんざいいちぐう》。これも、神様のわてへの計らいやとばかりに、手を出してしもうた」

そう言いながら、千寿は鉄次郎の前で、盗みをするような仕草をした。

「こうやって、丁銀や豆板銀を摑めるだけ摑んで、前掛けの〝どんぶり〟の中に入れた。そして、忍び足で店から出ようとしたとき、呼び止められたのや」

ドキッとして振り返ると、同じ年頃の徳右衛門が立っていた。

不思議なほど無言のままで、時が止まったようだった。

千寿はてっきり、徳右衛門が大人を呼ぶために叫ぶと思っていたが、

「俺たち小僧が、丁銀を持ってたら怪しまれる。粒銀だけにしとき。番頭に何か言われたら、私が誤魔化しとく。その代わり、必ず返しに来いや。出世払いやで……徳右衛門さんはそう言って、何処の誰かもしらんわてを店から追い出しよったのや」

「そんなことが……」

「あの年で、気遣いの人やった。お陰で、わては罪人にならずに済んだ」

「…………」

「そのとき、はっきりと目覚めたのや。ちゃんと働くしかない。それが、もし駄目でも、まだ物乞いの方がマシやとな」

それから、千寿は堂島の米会所の近くに行って、米問屋の周辺を廻ったり、立売堀の材木運びを手伝ったり、島之内の金箔師《きんぱくし》のところに出入りしたり、天秤棒《てんびんぼう》で物売りをしたり、湯屋で三助《さんすけ》の真似事をしたり、とにかく色々なことをしたという。

「心の奥で、堺商人の……豪商の末裔やでと自分に言い聞かせながらな」

黙って聞いていた鉄次郎だが、どんなに一生懸命に働いたとしても、これだけの別邸を持つほどの金持ちにはなれんやろう、何かカラクリがあるはずや。外に悪いことでもしたのではないかと疑った。

「その目つき……なんや、嫌らしいで、鉄次郎はん」

「……しかしなあ」

「タネも仕掛けもない。こつこつと働いて、みんなが帰った後に、後片付けと掃除をしただけや」

「後片付けと掃除……」

「大体、一番の下っ端《したっぱ》の仕事やさかいな」

千寿はにこりと微笑みながら、

「仕掛けがあるとしたら、ここや……」

と帯に挟んでいた扇子《せんす》で頭を指す仕草をして、

「米問屋では、俵に刺し棒を突いて中味を確かめたり、枡《ます》ではかって米粒を櫃《ひつ》などに移すが、零《こぼ》れた米粒が必ず地面に落ちてしまう」

「ああ……」

「材木置き場では、鋸を引くと、木屑《きくず》がやはり下に落ちてしまう。湯屋では、手拭いや褌《ふんどし》を捨て置いていく奴がおり、金箔造りの職人の所の畳には、それこそ小さな塵《ちり》に混じって、金粉が落ちてしまう……それらをぜんぶ片づけると、米や木屑、金粉などが溜《た》まるのや」

「まさか……」

鉄次郎は鉱夫をしていたから、作業の後片付けの大変さはよく知っている。しかし、意外な〝拾い物〟があるのも確かだ。千寿は、その塵を頂戴《ちようだい》と雇い主に頼むと、

「やるやる。そんなもの集めてどないすんのや」

と、すぐに許してくれたという。

「喜多野さんは、まさか拾い集めた塵芥《ちりあくた》の中から、米や金粉を金に……」

「その通りや。ガキの頃から三十年、こつこつ貯めたら、丁銀にして千百四十枚余り……千両近くの大金になってた。まさに、塵も積もれば山となるや」

「………」

「塵の中から、米粒だけ篩《ふるい》にかけたり、金粉だけを吸い取る手口はこれ。頭を使って自分で考えた。きれいに取らんと、売り物にならんからな」

「なるほど……」

「もちろん、徳右衛門さんから、〃借りた〃金は利子つけて返しに行ったで。そしたら、アハハ、忘れたと言われたがな。全然、覚えてへんかった。ふつうなら恩は忘れて、施《ほどこ》した親切はいつまでも覚えてるものやがな……しゃあないから、押しつけて帰ってきたけど、ほんまに心から感謝してたのやで」

懐かしそうに話した千寿に、感服する鉄次郎だったが、これまた俄には信じがたい話だと思った。そこまで忍耐強くできるものだろうか。しかし、千寿は当たり前のように、

「毎日やっていたら、いつの間にか……ちゅうやつや。それを元手に堺で金貸しを始めたのやが、それから、さらに十五年……長者や分限者にはなれんが、お大尽気分にだけはなってる」

「なのに、どうして物乞いなんか……」

「ああしているとな、世の中がよう見えるのや。どや、おまえも明日からやってみんか」

「儂が……？」

「下手な学問より、商売の為になりよるで。そしたら、立売堀の段五郎の頭の中なんぞ、手に取るように分かる。どや……どや？」

本気か冗談か分からぬ顔で、千寿は三杯目の茶を差し出した。すぐに口にした鉄次郎は、思わずアチッとなって、茶碗を落とすところであった。

三

立売堀の段五郎の屋敷を、美濃助が訪ねて行ったのは、翌日の昼下がりのことだった。町屋でありながら門や玄関があって、地元の〝有力者〟であることを誇示している。

「へえ。昨日のことです。お宅に行くと言うて店を出たまんま、まだ帰ってきてへんのです。心当たりおまへんか」

美濃助はかすかに震える声で、苛つく段五郎の前に立っていた。恐いのではない。武者震《むしゃぶる》いに近かった。

周りには子分衆が数人いて、じっと美濃助のことを睨《にら》みつけている。土間の片隅には、手代頭の杢兵衛もいて、恐縮した目で段五郎たちを見上げていた。

「知らんがな。『丹波屋』の若旦那なんぞ、来てへんぞ」

段五郎の傍に立っている権八が答えた。

「いえ。段五郎の親分さんが三日待つと言われたはずなのに、問屋仲間肝煎《きもい》りの『播磨屋』さんが、『丹波屋』はもう立売堀に出入りさせないと絶縁状を持ってきたもんで、うちの主人は……」

「くどいな。来てないちゅうとろうが」

苛《いら》ついた野太い権八の声に、美濃助は一瞬、ギクリとなったが、本当は気の短い男である。一端《いっぱし》の商人になるためには、ぐっと我慢をするのが基本だと、徳右衛門に叩き込まれて、一生懸命奉公してきた。

生まれ育った近江《おうみ》の宿場町にいた頃は、手のつけられないような悪ガキだった。だが、奉公してからは、徳右衛門の情け溢れる教えで、荒々しさや刺々《とげとげ》しさは取れたものの、手代になったばかりの頃には、ならず者と喧嘩をして店を追い出されそうになったこともある。それでも、徳右衛門はじっと辛抱して使ってくれたから、胆力はついたのである。

「もう一度、お尋ねします。ほんまに来てないのですか」

「――来てない」

今度は、段五郎自身が声を出した。

すると子分たちが、後押しでもするかのように、

「恐うなって、何処ぞへトンズラこいたんとちゃうか」

「そや、そや。そうに違いないわい」

「所詮は四国の田舎者や。まっとうな商売なんぞ、できるかい」

「尻尾《しっぽ》巻いて逃げよったンや」

「『丹波屋』も落ちぶれたもんやのぅ。あんな若造に頼るとはなぁ」

「邪魔や。帰れ、帰れ」

などと小馬鹿にしたように煽《あお》った。立売堀の人足を仕切っている段五郎が相手では、商人は、絶対に逆らえないということを承知の上で、難癖《なんくせ》をつけているのだ。

「お待ち下さい、親分さん」

美濃助は曲げていた腰を伸ばして、キリッとした目で向き直った。

「なんや」

「ご存知のとおり、私も『丹波屋』には二十年余りおります。親分さんとは、持ちつ持たれつ、それなりに頑張ってきたつもりでございますが、此度《こたび》の仕打ちは、どうにも納得できないのでございます。主人だけではなく、私もね」

「だったら、どうせえ、ちゅうのや」

強面《こわもて》で睨みつける段五郎に負けじとばかりに、美濃助も目を逸らさず、

「たしかに、うちの主人は若過ぎます。亡くなった大旦那さんが、なんで鉄次郎さんなんかに後を任せたのか、私も納得できませんでした。一番番頭の季兵衛さんにしたら尚更です。しかし……」

と間合いを詰めて続けた。

「この一年、私はずっと鉄次郎さん、いえ、主人を支えながら……側で人となりを見続けてきました。たしかに商売は素人《しろうと》ですが、物事を見極める力、するべきことを分別する理性、そして、それをすぐに行う肝っ玉……いずれもが揃っています。だからこそ、莫大な借金を半分に減らすことができたのやと思います。年は関係あらしまへん。器が並みの人間とは違いますッ」

美濃助はドンと胸を叩いた。

「ほたえなよ、美濃助さん」

段五郎はしゃがみ込むと、上《あ》がり框《がまち》に腰掛けて、顔を突きつけた。

「おたくは、掟《おきて》破りをして儲けたのや」

「掟破り……？」

「そうやないか。この立売堀には、俺らが長年培《つちか》ってきた決まり事があるのや。そのひとつが、問屋仲買を通じて、諸国から集まってきた材木を捌《さば》くことや」

「それは……」

「言い訳はせんでええ。訳はどうであれ、おたくは他の材木問屋が、きっちりやっているいることを出し抜いて、自分だけがええ思いをしたことに変わりないのや。魚の雑喉場や米の堂島、青物の天満で、問屋や仲買を無視して商いできるか？　そんなことしたら、爪弾きにされるのは、当たり前やないか。ど素人みたいなこと、ぬかすなッ」

一気呵成《いっきかせい》にドスの利《き》いた声で喋られると、美濃助も胸の中がカッカと熱くなってくるのが分かる。李兵衛の方はもうチビりそうで、足をもぞもぞさせている。

「み、美濃助さん……帰りまひょ……」

そっと袖《そで》を引いたが、美濃助はそれを払って、

「ならば、親分さん。それで、あんたはどれだけ損しはりました？」

「なに？」

「うちが、おたくにどれだけ迷惑をかけたかちゅう話ですわ」

「散々、かけられっ放しや」

「そんなことないはずです。たしかに木材は市場を通さずに、山持ちの旦那衆から仕入れた。しかし、それは公儀橋に限っての話で、しかも、市場には肝煎りを通して、詫び料として、そっちの言い値を払《はろ》うたはずや」

「それでも儲けになるから、そうしただけやないけ」

「おまけに親分さん、材木運びの人足は、あんたの顔を立てて、これまたそっちの言い値で、人を雇うたはずやが？　本来なら、『恵比寿屋』の角兵衛さんに頼むはずやったが、泣いて貰《もろ》うたんですわ。そういうことも承知の上で、こっちだけが悪いちゅうとるのですか」

ぐっと睨みつけた美濃助は、決して店では見せたことのない顔をした。杢兵衛も吃驚して、少し離れて様子を窺っていた。

「ねえ、親分さん……あんさんほどのお人が、うちの赤ん坊同然の主人を、まともに相手にしてたら、それこそ世間の笑いものになりまっせ。ここは深い度量で、仲間に戻してくれまへんか」

「──ならんな。てめえ勝手なことばかり、言うもんやない」

「もしかして、親分さんでも煩《わずら》うような、大物が後ろにいるんやないですか？」

美濃助の言葉に、ほんの一瞬だが、段五郎の目が泳いだ。透《す》かさず、美濃助は納得したように頷きながら、

「そうですか……誰かは知らんけど、そら恐いこってすな……けど、うちの主人は失うものが何もないさかい、無茶しよるかもしれまへん。一度、暴れたら手のつけられ

ん野生馬でっせ、鉄次郎さんは……」

「………」

「親分さん。うちの主人がどこにいるのかほんまに知らんのですか」

物怖《ものお》じせずに言い通した美濃助に、子分たちも険しい顔つきながらも、黙って段五郎がどう答えるのか見守っていた。

「ほんまに知らん。ここには来てへん。そやけどな……何処その乞食《こじき》と一緒におったって話は耳にした」

「乞食……？」

「あちゃこちゃおるから、何処のどいつかは知らんが、俺は会《お》うてない。どのみち、『丹波屋』は商売できへんことだけは、その胸に刻み込んでおくことやな」

段五郎は頑としてそう言った。これ以上、ここで話をしても無駄だと判断した美濃助は、杢兵衛に向かって、

「帰りまっせ」

と表通りに出ていった。

「――まったく、主が主ならば、番頭も番頭やで。おい、塩撒《ま》いとき」

段五郎は苛ついた声で子分に命じた。

その日も——。

鉄次郎は店に戻って来なかった。ただ、誰によってかは分からぬが、

『ちょいと商売のことで、出かけておるが、仕事はいつものとおり頼む』

とだけ、鉄次郎の筆跡で書かれた文が、美濃助宛てに届いていた。そのことが、また季兵衛には不愉快極まりなく、

「勝手なことばかりしてからに……しかも、なんで、美濃助に言伝やねん。一番番頭は誰やと思うてるのや」

と憤慨しているので、手代の八之助と貞吉たちは、

「ほんま、そうですなあ」

と同意して頷くしかなかった。

季兵衛としては、鉄次郎がどこにいようと、どうでもいいことだった。鉄次郎がぶらりといなくなるのは、今回だけではなかったからである。

材木を山持ちから直に買おうと思い立ったときでも、鉄次郎は自分で紀州や阿波に出向いたが、すぐに許しが出たわけではない。そうなると素早く橋の材料が仕入れられないから、美濃助たちには日向《ひゅうが》や安芸《あき》という遠い所まで買い付けに行かせた。特に

大きな材木は日向ものがよいとされる。その一方で、鉄次郎は近場の丹波や山科《やましな》の地主や元売りにかけあって、急場を凌《しの》いだのである。

ゆえに、主人とはいっても、毎日、店にずっといて算盤《そろばん》を弾いたり、客あしらいをしているのとは違って、ひたすら外を駆け回っていた。鉄次郎自らが材木の目利きである大工棟梁や細工師などを引き連れて、公儀橋に相応《ふさわ》しいものを選定させたのだった。

職人というものは、初めから任されると気概を見せようと、採算度外視で、自分の腕を披露したくなるのだ。木材の質感、厚み、水分の度合い、寸法、年輪の幅、しぜんにできた模様などを吟味して自分達で選び抜いた材料を前に、まさに大工冥利《みょうり》に尽きる仕事をしたくて、うずうずするのである。

鉄次郎とて鉱夫であった。まったく違うことではあるが、何年もかかって身につけた技を遺憾《いかん》なく発揮できるときこそ、大いなる喜びと充実感を得るのである。その心裡をくすぐっただけなのだ。

それが功を奏して、公儀橋の一件はうまくいった。ひとつの成功が、人間をひとまわりもふたまわりも大きくするものである。鉄次郎もそうであったことを、奉公人たちは誰もが感じていた。

季兵衛とて同じ思いだったはずだ。しかし、鉄次郎のことを認めたくないという妬《ねた》み嫉《そね》みから、素直に受け入れなかったのだ。そんな肝っ玉の小さい季兵衛を見て、

——鉄次郎について行こう。

と手代や丁稚たちは思い直したのだ。

微妙なその空気を、季兵衛が感じていないはずはなく、余計に苛立って、あれこれと重箱の隅を突っついては、神経質に叱りつける毎日だった。

「八之助どん。土間に塵が落ちてたら、拾わんかいな。お客さんに見られたら、細かなことに気配りできん、ええ加減な商いをしていると思われまっせ。こら、貞吉どん、水撒きをちゃっちゃとせんと、店先が土埃だらけになるがな。乾いたら、日に十回でも二十回でもせんかいな。おい、孫助《まごすけ》どん……こら、菊丸《きくまる》どん……」

目についた手代や丁稚に、あれこれ言いがかりをつけるのが、季兵衛の日課のようなものであった。

だが、鉄次郎がいないならいないで、妙に季兵衛は気分が高揚して、何が嬉しいのか実にのびのびと楽しそうだった。帳場に座ったり、店の中を巡ったり、得意客が来れば、真っ先に飛び出したり、表に出て軒看板を見上げたり、近所の大店の者たちと立ち話をしたり、まるで自分が主人になったかのような張り切りぶりだった。

「――あの……」

店に入ろうとした季兵衛は、背中から声をかけられて振り返った。島田髷《しまだまげ》に留袖《とめそで》ではあるが、ドキッとするほどの綺麗な若い女が立っているのを見て、

「へえ。なんでおまっしゃろ」

と平静を装いつつも、鼻の下がでろんと伸びていた。

「ご主人の鉄次郎さんは、おいでになりますでしょうか」

「ああ、ええ……ちょいと出かけておりましてな……用件なら、私が承《うけたまわ》りますが、どちらさんでしょうか」

「はい。私は若旦那さんにお世話になっている、七菜香という芸子でございます」

「芸子……？」

驚いたのは芸子と聞いたからではない。かねてより鉄次郎から聞かされていた名の女だったからである。季兵衛は伸ばしていた鼻の下をキリッと締めて、じっと睨みつけた。

七菜香の方も何か感じたようだが、あえて微笑んで、

「今日は化粧もせんと、こんな格好で申し訳ありまへん。新町外れにある『菊本《きくもと》』という置屋で面倒見て貰《もろ》うてます。実は、折り入って、若旦那さんにお願いが……」

「ま、話くらい聞いてもかましまへんがね……」

季兵衛は気乗りしない顔ながらも、店の中に招き入れた。申し訳なさそうに、七菜香は深々と頭を下げると、左褄《ひだりづま》を取る仕草で季兵衛についていった。

四

天満天神の門前の外れで、鉄次郎は千寿と並んで、茶碗を前にして、茣蓙に座っていた。頬被《ほおかむ》りをして、顔や手など見えるところは、わざと泥だらけにしていた。

鳥居筋と呼ばれた所で、団子屋や煎餅《せんべい》屋、甘酒屋、造花屋、練り油屋などがずらりと並ぶ参道を、大勢の人々が往来している。境内には見せ物小屋や矢場などもあって、結構な賑わいだった。

目につくのは、親子連れである。菅原道真《すがわらのみちざね》を祀《まつ》っている天満宮《てんまんぐう》は、学問の神様であるから、寺子屋に通っている子供を連れて、学業が向上するように祈願するのであろう。

大坂は、享保年間に鴻池屋や船橋屋《ふなばしや》などが作った『懐徳堂《かいとくどう》』や、天保《てんぽう》年間に緒方洪庵《おがたこうあん》が作った『適塾《てきじゆく》』に見られるように、武家よりも町人による学問が盛んである。

して『夢の代《しろ》』を記した山片蟠桃《やまがたばんとう》は商人の倹約や人徳を説き、石田梅岩《いしだばいがん》は京の出身だが、大坂商人に大きな影響を与えた。儒学、朱子学を中心に学ぶ幕府の学問とは一線を画していた。

とまれ、大坂商人というものは、算盤を弾いて損得勘定ばかりを考えているふうに捉えられがちだが、礼儀作法とともに学問をすることに貪欲だった。『懐徳堂』にしろ『適塾』にしろ、受講者は溢れんばかりで、塀の外からでも一生懸命、先生の話を聞いていたほどである。

――学問をすれば、貧しさから脱却できる。

という思いが根強かった。

武士と違って、町人たちは己の才覚と努力によって、食うものが違ってくるから、懸命に貪欲に学ぶことにも執着したのだ。

もっとも、天満宮の参道には、そんなギスギスした雰囲気などはなく、物見遊山《ものみゆさん》の穏やかな情景が広がっている。往来するのも金持ちらしい親子連れが多かった。

そんな人々を、地べたからみる光景は、ひと味もふた味も違って面白《おもしろ》いものだった。鉄次郎はそう感じていた。

「面白《おもろ》いか?」

小声で千寿が訊いた。

「ええ。妙な気分ですが、何となく喜多野さんが言ってた意味が分かる気がします。人の顔がよう見えますわ」

「それは、あんさんに余裕があるからや」

「まあ、そうやけど……」

「投げ銭を貰えなかったら、死ぬかもしれへんちゅう恐れもないしな。けど、冗談で言うたのに、ようわてにつきおうたな」

意外な言葉に、鉄次郎は千寿を振り向いた。誘ったのはそっちやないかと言おうとすると、すぐさま、

「こっち向くな。物乞い同士が仲良うして、どないすんねん。あれ見てみい」

千寿が顎《あご》をしゃくった方を見ると——参拝帰りの者が物乞いに金を放り投げたのだが、それが茶碗の底で弾かれて、隣の物乞いの手元に落ちてしまった。それを素早く取った方の物乞いに、

「それ、儂にくれたもんやないけ、返せ」

と奪い返そうとしている。それを必死に抵抗して、握りしめて俯《うつぶ》せになった方へ、もうひとりの物乞いが立ち上がって足蹴にしようとした。

思わず鉄次郎は止めに入ろうと思って腰を浮かしたが、

「やめとき。あんなのは毎度のことや。ほっといても、直《じき》に収まる。無駄な喧嘩はせんもんや。騒いだだけ腹が減るからな」

「そんなもんですか……」

「ああ、そんなもんや」

ぼんやりと呟《つぶや》いて見ていた千寿の前に、ちゃりんと小銭が落ちた。

「毎度、おありがとうさんにございます」

感情を入れず、かといってぞんざいではなく、いい塩梅《あんばい》で心地よい響きである。随分と年季が入っている声だなと、鉄次郎は千寿の茶碗をちらりと見た。

すると、茶碗の中には綿が少し入っていて、小粒が意外と多い。

「それは……？」

「前を向いたまま話せ……余所見《よそみ》して、ぶつぶつ言うてる物乞いには、銭は集まらん」

鉄次郎は通りの方を向いて、

「なんでですか」

「世間の常識やがな。あちこち物欲しそうに目を配って、集中してへん奴は誰にも信頼されんがな」

「物乞いに信頼が要《い》るんですか」

「当たり前や。愛嬌と信頼がない人間に、人は手助けせえへんで」

「愛嬌と信頼……」

「別に愛想振りまいて、誰かれ構わず頭を下げろと言うてるのやない。人には、持って生まれた勘所《かんどころ》ちゅうのがあってな。それさえ働かせればチラッと見ただけで、自分にとってええか悪いか、好きか嫌いかちゅうのを感じるのや」

千寿の言っていることは分かる気はするが、それが物乞いに当てはまるかどうかは、鉄次郎には疑問だった。そんなことを、ぶつぶつ言っている間に、千寿の茶碗にはまた小銭が投げられた。

ぶつぶつ言っている奴には銭が飛んで来ないという話と違うやないかと、鉄次郎は思ったが、千寿はまったく表情を変えずに、

「愛嬌と信頼がある奴には、そこはかとない哀れみが漂うのや。母親を信頼しきっている赤ん坊に、おまえは意地悪をするか？　それとはちと違うが、人が人を見るときも、似たような感情に囚《とら》われるのや」

「そうですかねえ」

「信頼されるためには、こっちが信頼せなあかん。世の中の人を信頼している姿勢を見せてたら、向こうから……」

チャリンとまた小銭が落ちてきた。だが、鉄次郎の方にはまだほとんど金はない。ちらりと自分の茶碗と見比べて、

「どうして、この違いができるのかいな……その綿はもしかして、銭があの物乞いのように弾き飛ばないような工夫でっか？」

「よう気がついた。金を貰うときは、柔らかく受け止めんとな。商いも同じじゃ。金が入るたびに、ギャアギャア叫んで喜んでたら、弾き飛んで、すぐに余所へいってしまう」

「へえ……深いもんですなあ」

「茶碗も深めにしてた方がええで。その代わり、口径は小さめの方がええ。大きい茶碗の方が、金を放り投げやすいように見えるが、相手がつい、ぞんざいになってしまう。そやから弾いて、さっきの連中みたいになるのや」

「なるほど……小さい方が、丁寧に入れてくれると」

「ああ、しかも近づいてくる。そのときに、程よい加減でお礼を言うと、向こうも、なんやええ事をした気分になって、損した思いにはならんのや」

「それにしても……」

鉄次郎は横目で、千寿の茶碗を眺めながら、

「そっちが多くて、なんでこっちに集まらないのか不思議や……なんぼ愛嬌や信頼いうたかて、そんなに差があるかなあ」

「初めてやった人間に、何十年も年季を重ねたわてと張り合われたら、たまらんなあ」

「釣りみたいな話ですな」

「ええ勘をしとる。そのとおりや」

と千寿はほんの一瞬だけ、嬉しそうに微笑んで、鉄次郎の方を見た。

「魚を仰山《ぎょうさん》釣ってる釣り人の所には、なんでか魚が集まる。その隣で釣ってても、そいつには魚が一尾も引っかからん。おっかしいなあ……なんでやと思う?」

「腕が悪い」

「それもある。けど、もっと肝心なのは」

「ツキが悪い」

「ああ、それも大切なこっちゃ。人間には思わぬ僥倖《ぎょうこう》もあれば、怨《うら》みたくなるくらいの不運もある。神のみぞ知るや。他には?」

「さあ……思いつかへん」

「機を見る目やな」

「なるほど……うちは材木問屋さかいな」

「ちゃう、材木の木とちゃう。機を見るに敏の機や」

「――なんですか、そりゃ……」

千寿はそれには答えないで、

「そろそろ、ここは潮時やな。漁場を変えるで」

「漁場？」

「物乞いが言う言葉や。河岸《かし》を変えるのとは違うで。こっちは常に漁師の気分やからな。魚の群れがない所で、釣り糸を垂れててもしゃあないやろ」

と立ち上がる千寿の姿を見て、離れた所を通りかかった母子連れの声が聞こえた。

「な。ちゃんと寺子屋行って、色々なこと勉強せなんだら、あんなふうになってしまうで。それで、ええんか？」

「いやや」

「ほんなら、明日からちゃんと行き。天神様のお守りも買《こ》うてやったさかい」

はっきりと鉄次郎たちの耳に届くような声で、母親は言った。

ほんの一瞬、鉄次郎はカチンときたが、千寿は気にする様子もなく、

「さあ、行くで。あんなんマシな方や。気にしてたら、商売にならんがな」

「…………」

「それに、あんさんかて、物乞いの真似をする前なら、同じことを思うたやろ。仕事せんから、物乞いせなあかん。そんな目に遭いとうなかったら、一生懸命働かなあかんて」

「そりゃ、まあ……」

「でもな。こうでもせな、生きていけん人間もおるのや。ほな、行こか」

片づけるのも早ければ、歩くのも速い。鉄次郎も茣蓙を丸めて、追いかけながら、千寿の声を聞いていた。

「朝市、昼市、夜市……てな。朝はまさに雑喉場や堂島の市場の近くにいたら、景気のええ人がポンと投げ入れてくれる。昼間は、神社仏閣や芝居小屋の近く。気分よく、おひねりがとんでくる。そして、夜は……といっても、日が暮れるまで夕刻やがな、遊郭の近くか、商人が出先から帰りがけに通る大通りやな」

「へええ……」

「人ってのは不思議なもんで、ぼんやりしているときよりも、気が入っているときの

方が却って、金を恵みよるのや。験担《げんかつ》ぎにしている人も仰山、おるよってな。そう考えたら、物乞いちゅうのも、世の中の役に立ってるやろ、ええ？」

そう言いながら、千寿は通りがかりにあった骨董店の前で足を止めた。茶器や壺《つぼ》、掛け軸や刀剣など色々なものを扱っているようだった。

店の奥から、千寿たちの姿を認めた中年の主人らしき男は、あっちへ行けとばかりに手を振っている。それに向かって、千寿はこくりと頭を下げてから、ゆっくりと店に近づいた。

途端、主人が慌てて店先まで出てきて、

「これこれ。こんな所に立ち止まられたら困るがな。あっちゃ行き、あっちへ」

と迷惑そうに言った。押しやろうとしたが、手で触れるのも汚らわしそうな態度だった。そんな主人に向かって、千寿はいきなり茶碗を差し出した。さっきまで、道端に置いて、銭受けにしていたものだ。

「すんまへんが、これ、買うてくれまへんか、ご主人さん」

「な、なにい？」

「この店は、大坂で指折りの目利きやとの噂でっしゃろ。お願いしますわ」

千寿が差し出す茶碗を嫌々ながら、手にして見てから、

「分かった、分かった。これで買うたるから、早《はよ》う向こう行き」

と小銭を袖の中から取りだして、渡そうとした。すると、千寿はすがりつくように、

「もっと、ちゃんと見て下され。遠州のええものでっせ」

「あほか……しまいには怒るで」

「やっぱ、ええですわ。ほな、さいなら」

茶碗を取り返して、スタスタと歩き出した千寿を、鉄次郎は追いかけた。

「これ、ほんまに小堀遠州ですか?」

「そうや。あの主人の目が悪いとは言わんが、人を見かけで判断する人間は信頼でけん。ちょっと前は、きちんとした格好の時に、わてが持ち込んだ二束三文の茶器を、高《たこ》う買《こ》うてくれた」

「……そんな、人を試すようなことをして楽しいですか」

「ああ、楽しいなあ」

実に楽しそうに千寿はカッカッと笑ってから、

「物乞いは、他人様の善意と慈悲にすがって生きてるのや。そのためには、本物を見る目がいる。ただ物や金を貰うだけの人間は、感謝せえへん。本物を見るちゅうの

は、人を見るちゅうことやさかいな」

「…………」

「なんや、その不思議そうな面《つら》は。わては、子供の時分は金持ちやったから、本物だけは沢山見ていた。骨董屋の小僧が小さい時分から、本物しか見ないようにな」

「目利きはそうやと聞いたことはあるが」

「人も同じや。ほんまもんの人と、着飾っただけの人間がおる。あんたはまだまだ若いさかいな、ほんまもんを見る目を磨きなはれ。そしたら、機を見極めることにも鋭くなりまっせ。その目利きになるのんが、商売人として一番大事や」

てくてくと歩きながら話す千寿が、いつも笑っているせいか、鉄次郎にとっては説教臭いとは感じられなかった。

五

その夜――鉄次郎は三日ぶりに、店に戻って、季兵衛ら番頭たちや主だった手代を集めて、物乞いの真似事をしていたことを、面白可笑《おか》しく話した。千寿からは、
「絶対に内緒ですよ。わてのことが世間に知れてしもうたら、やりにくくてしょうが

ありまへんからな」

と念を押されていたが、言うなといわれたことほど教えたくなるものである。

鉄次郎は男気があるから、黙っているべきだと思ったが、ひょんなことから、大坂には金持ちのくせに物乞いをしている者が沢山いると、杢兵衛が口にしたことから、話したくなったのである。

もっとも、喜多野千寿という名も、人相風体《ふうてい》も、どこに出没するかも話しはしない。ただ、貴重な体験をして、商売に役立つ話を仰山聞いたということを楽しそうに語ったのだ。

手代たちは俄に信じなかった。そう言いながらも、本当は材木仕入れの下準備でもしていたのであろうと、勘繰《かんぐ》ったのだ。

「いや。正真正銘、ほんまの話や。ふだんは船場や堂島、中之島、島之内あたりで、『右や左の旦那様』てな調子でやっているのやが、そら大した分限者で、立派なお屋敷を持ってはる」

「何処のどなたさんですか」

美濃助が尋ねると、鉄次郎はあっさり、

「それは言えん。男と男の約束やさかいな」

「でも、何のために、そんなことを？」

「地べたに座っていたら、人の善《よ》し悪《あ》し、世の中の流れちゅうのが、よう見えるらしい」

「そうかもしれまへんが、そんな金持ちならば、もう面倒臭いことする必要あらしまへんやろう。旦那さんが言うことがほんまとしても、その物乞いには、なんか別の狙《ねら》いがあるような気がしますな、私は」

「ないない」

鉄次郎はすぐさま否定をした。わずか二、三日とはいえ、一緒に地面に座っていたら、人となりが分かるものだと断じた。そして、大変な勉強になったと言った。

「勉強はよろしいがな、鉄次郎さん……」

季兵衛がふいに口を開いた。

「そんな話はどうでもよろしい。肝心な商売のことを言いますとな、材木問屋仲間からは総スカンを食って、もうどないもしようがありまへんで。船造りの話も、もう『丹波屋』には無理やとばかりに他の材木問屋が動き出してます」

「さよか」

短い溜息をついた鉄次郎に、季兵衛は苛々と、

「何を暢気《のんき》な顔を……美濃助も、立売堀の段五郎に掛け合ったが、どうにもあかんらしい。そりゃ、私かて、あの人間ははっきり言って好かんが、段五郎は……」

「その話はもうええ、季兵衛さん」

「肝心な話どっせ」

「地べたに座ってて、ちょいとばかり感じたことがあるのや。儂は地べたどころか、地中深く潜っていた男やからな、なんとのう肌で感じたのや」

「……何をです」

「人間、やはり地に足がついてないとアカンということをや」

「当たり前のことを……」

偉そうに言うなとばかりに眉間に皺を寄せて、季兵衛はフンと鼻を鳴らした。鉄次郎は自分で納得するように頷きながら、

「人の足下を見るちゅうことは、さもしいことや。そういうことはするまいと、儂は決めた。いくらこっちが損をしようとな」

「何をばかな……商売は食うか食われるかでっせ。今、この『丹波屋』がどんな危い目に遭《お》うてるかちゅう自覚がないのどすか、鉄次郎さんには！　あんたを支えてた長者さんたちかて、掌《てのひら》返しでっせ！」

むかっ腹が立っている季兵衛に、鉄次郎はにこりと微笑みかけて、

「そう目先のことで、うろちょろするな」

「別に私は……！」

「人の心は気まぐれなものや。世の中ちゅうのもそうかもしれへん。銅山におったときも思うてたが、人間ひとりなんてちっぽけなものや。ましてや、頭ン中で思い悩んでいるものは、さらに小さい……もっと思いがけないことが、世の中にはある。儂がこの店の主人になったこともそうやろう」

「何が言いたいンでっか」

「なあ、季兵衛さん……材木問屋から仲間外れにされたり、金を融通してもらえなくなることは、ある程度、考えていたことやろう。それについての対処は、番頭のあんたなら、よくよく考えていたことと違いますか？」

「そりゃ……」

「どうするつもりでした。ただただ『播磨屋』さんや段五郎に謝るつもりでしたか？山持ちに掛け合っても駄目だってことも、予《あらかじ》め分かっていたはずや。次善の策はなんです？」

鉄次郎は季兵衛だけではなく、美濃助や杢兵衛たち手代にも問いかけた。それぞれ

が唸《うな》りながら考える姿を、鉄次郎は腕組みで眺めていた。

「――なかなか、見つかりまへんな……」

美濃助が答えた。

「ただ、これだけは言えます。私どもは、貯木がない。つまりは米や海産物という問屋ならば、蔵が空、在庫がないということです。これは、ある意味で強みです。呉服屋なんか見て分かるとおり、売れない分まで他の値段に組み込んでますからな、そういう余計なことをせずに済みます」

「そんなこと分かってるがな」

と季兵衛は腹立たしげに言って、ドンと畳を叩いて、

「理屈を捏《こ》ねている間に、他の材木商はどんどん、百艘の船のために動いてるんでっせ。うちは立ち後れるどころか、相手にもされしまへん。どないするちゅうんですか」

「もう泣き事かいな。もともと城代様からは、はじめの十艘分の発注を受けておるのや。その十艘に命運をかけようやないか」

「そんなのいつ反故《ほご》にされるか分かったもんやありまへん。長者さんらも逃げ腰やし、そもそも肝心の材木がッ」

ますます苛立ちを強めた季兵衛が、怒鳴るのを嚙み殺した顔で、

「大坂ではもう一本たりとも扱えしまへんのやで、うちは」

と責めたが、鉄次郎はにこりと笑って、

「捨てる神あれば、拾う神あり」

と返した。

「俄物乞いをしていて、そう感じた。そりゃ物乞いを侮蔑する者もいるが、情けをかける者もいる。いや、むしろ慈悲ある人の方が多い。意外と世の中、捨てたもんやないなあと思うた」

「私らに乞食になれとでも!?」

「まあ、聞け……」

鉄次郎はみんなを見廻して、きらりと瞳を輝かせた。

「大坂では材木が扱えなくても、堺では扱うことができる。船も堺で造ったらええ。そういうこっちゃ」

一同は啞然《あぜん》として鉄次郎を見やった。だが、鉄次郎は当然のように、

「大坂だけが材木を集めてるわけやない。堺のある問屋さんとは、さる人を通して、もう話をつけたし、これまでつきあいのあった紀州の山持ちに頼んだら、『立売堀の

市場に卸さぬ分ならば、廻しましょう』と言うてくれた。虚心坦懐《きょしんたんかい》に話したら、人は分かってくれるものや」

と言った。

「ああ、なるほど。そうか、別に大坂でやらいでもええんか」

美濃助は小気味よいくらい、ポンと手を打った。

「で、旦那さん。さる人って誰です」

「おう。今度、引き合わせるから、今後のことは頼むで」

と鉄次郎は言った。もちろん、喜多野千寿のことだが、これが物乞いとは、一言も語らなかった。ただ、

「捨てる神あれば、拾う神ありや」

鉄次郎は笑った。その笑顔が気に食わないのか、季兵衛は、

「ふん。そんな、うまいこといくかい。堺には堺の事情があるのや。堺商人は、大坂商人より、ドケチやちゅうこと知らんのか」

と、ぶつくさ言っていた。

早速、美濃助が率先して、堺の材木問屋との繋がりを深めて、昔からあるが、ろく

に使われていない船造り場や材木置き場、船大工や人足の手配を急いだ。

大坂から堺は三里程あるが、船を使えば目と鼻の先といってよい。慌ただしい動きになったが、『恵比寿屋』角兵衛も力を貸してくれた。角兵衛は、鉄次郎が大坂に来たときから、

――いつかは大物になる。

と見抜いていたほどである。

事実、あれよあれよという間に、思い描いていたよりも早く、商人らしい顔つきになり、実績も積んだということに驚きすら感じていた。角兵衛は、今般の立売堀からの追放劇を傍から見ていて、

「えげつないことをするなあ……」

と常々、感じていた。堺に出向いて業務を遂行する『丹波屋』を助けるということは、立売堀の材木市場との関わりが悪化することを意味している。しかし、

――男が男に惚れた。

限りには、とことん後押ししてやろうと思っていたのである。

「色々と、迷惑ばかりかけて、すんまへん」

鉄次郎は難波津の『恵比寿屋』まで訪ねて、深々と頭を下げた。

「角兵衛さんがおらなんだら、とてもじゃないけど、うちは沈んでました。ほんまに、ありがとうございます」

「水臭いこと言うな。俺とあんさんの仲やないか」

と角兵衛は嬉しそうに肩を叩いた。

「それにな、喜多野の旦那に頼まれたのや。断れンがな」

「喜多野……?」

「ああ。おまえのこと、随分と褒めておったが、どこで知り合《お》うたのや。あの〝どけちの神様〟に見初められたちゅうことは、あんさんも相当の始末屋ということやな」

始末屋とは倹約家のことである。もちろん、喜多野千寿が物乞いをしていることは、角兵衛も知らないことである。

「ええ、まあ、ちょっと……喜多野さんには、お世話になってます」

としか鉄次郎は答えなかった。

「けっこうな、爺《じじ》イたらしやな、あんさんも。まあ、ええ。あの人のことは、実は俺もよう知らんが、堺では顔の人やさかい、大事にして貰いや。それより、気になることがあるのやがな」

角兵衛の「気になる」という言葉は、毎度ながら、厄介事に繋がることが多い。しかして、またぞろ研市のことではないかと心配になった。

「あいつが面倒でもかけましたかいなア」

鉄次郎が言うあいつが、研市を指すことは角兵衛もすぐに分かって、

「おまえが船を造ることを勧めたのは、この俺やと、あちこちで吹聴して、資金を集めてたようやが、大丈夫か、おい」

「まあ、しゃあないですわ。今度、見かけたら、うちに顔を出すように言うて下さい」

「ああ。それより、おたくの番頭さんや」

「番頭……季兵衛ですか」

「この前、芸子の、ええと……ほれ、七菜香と一緒に出歩いとったで」

意外な角兵衛の言葉に、鉄次郎は驚きよりも、不思議な感じがした。普段から、季兵衛は七菜香のことをあまりよく思っていないからだ。鉄次郎は照れくさがることもなく、

「いずれ、俺の女房にするのや」

と言っていたのだが、芸子を貰うことなどは商人として慎まねばならぬと、季兵衛はいつも言っていたからだ。

鉄次郎は芸子遊びをするわけではないが、七菜香のことを何かと贔屓《ひいき》にしていた。しかも、七菜香の方も心惹かれている素振りを見せていたので、季兵衛はそれが心配だったのであろう。

「なんか、また余計なことでも言うたんかいなあ」

と鉄次郎が困ったように苦笑いをすると、角兵衛は真顔で、

「あれ? 知らんのか」

「は……?」

「それこそ、いらんお節介かもしれんが、七菜香は何処ぞの男に身請けされたそうや。芸子が身請けちゅうのも変な話やが、あんたとは仲ようしとったさかいな、ちょいと気になったのや。あれ、やっぱり余計なことを言うてしもたかな」

角兵衛が申し訳なさそうに、鼻の頭を指先で掻《か》きながら目を細めると、鉄次郎の胸の奥が俄にざわめいた。

六

置屋の『菊本』を訪ねてきた鉄次郎は、七菜香に会わせてくれと頼んだが、女将《おかみ》の

おりょうは不思議そうな顔をして、

「ほんまに、ほんまに、若旦那は何も知らんのですか？」

と逆に訊いてきた。

「ああ、何も知らん。そりゃ、色々な旦那衆が、七菜香に言い寄っていたのは知ってる。特に、米問屋の『因幡屋《いなばや》』の主人は、ぞっこんらしくて、女将さんにもかなり金を払うと迫っていたとか」

「勘違いせんといて下さいな。たしかに、うちは新町へも出入りして、座敷にあがって余興をすることもありますが、芸子であって、女郎とは違いまっせ。身請けだの何だのと、売り買いなんぞするわけがおへん」

「百も承知や。そやからこそ、気になるんですわ。何があったんですか」

鉄次郎が身を乗り出すと、おりょうは言いにくそうに身をよじっていたが、本来、気《き》っ風《ぷ》のよい女である。つまらぬことで、ガチャガチャするのが一番嫌な気質《たち》だから、

「はっきり教えてあげまひょ」

おりょうは人に聞かれないように、奥座敷に鉄次郎を通した。

床《とこ》の間には、綺麗な花が飾られていて、趣《おもむき》のある掛け軸と良い取り合わせになっ

ている。さすがは女所帯だけあって、どことなく品のよい香の匂いも漂っている。

炭の入っていない箱火鉢の前に座ったおりょうは、おもむろに煙管《きせる》に火を移して、ふうっと煙草《たばこ》を吸っては吐いた。

「――実は、七菜香はな……」

少し感慨深げな目になって、もう一度、煙草を吹かすと、

「多額の借金があって、うちが肩代わりしてたのや」

「借金……なんで、また」

「あの子も男運の悪い子でな、ついふらふらと優しい声に騙《だま》されて、稼いだ金が右から左だったんですわ」

「幾らぐらいなんです、借金は」

「ぜんぶで二百両近くある」

「そ、そんなに……!?」

「うちが貸してるのは、そん中の五十両くらいやが、後は高利貸しから借りててな、どないにもならんのや。もちろん、借りたのは男やが、払えないときは七菜香が肩代わりする証文があるのや」

「……………」

「なんぼなんでも、百五十両もの大金は、うちには無理や。そやさかい、『因幡屋』さんが払ってくれるちゅうのやが、それと〝身請け〟が交換条件なんや。『因幡屋』さんはもう四十を超えててな、嫁に欲しいというねん」

「――そうだったんか」

「悪い話やないと思う。けどな……」

おりょうは申し訳ないという顔になって、

「でも、『因幡屋』さんだけは、どうしても嫌やいうてな、七菜香のやつ……だったら、いっそのこと、鉄次郎さんに貰うてもろた方がええ言うて、頼みに行ったんですわ」

「儂に？　知らん。聞いてへんで」

鉄次郎が意外な目で首を振ると、おりょうはまた謝ってから、

「七菜香が言うには、鉄次郎さんが留守だったので、番頭の季兵衛さんに話をすると、そういうことなら……といって、ポンと金を貸してくれたというんです。それどころか、七菜香と一緒に、『因幡屋』さんのところまで行って、七菜香のことは諦めて欲しいと頼んでくれたそうですわ」

「季兵衛が……」

それも信じられないという表情で、鉄次郎はおりょうを見つめた。

「嘘やありまへん。帰って、季兵衛さんに確かめて下さい」

「…………」

「でもまあ、季兵衛さんの機転のお陰で、七菜香は借金地獄から逃れることができ、『因幡屋』さんからの、しつこい誘いを断ることもでき、晴れてほんまに惚れた人と、一緒になることができたんです」

「え……ええ……!?」

耳を疑った鉄次郎は、耳の穴をほじくって、聞き返した。

「ちょっと待って下されや、女将さん……惚れた男ちゅうて、儂のことやないのんけ」

「違います」

「だって、どうせ〝身請け〟されるなら、儂でええって、七菜香はそう言うたんやないんですか」

「譬《たと》え話やがな。『因幡屋』さんに嫁ぐぐらいなら、鉄次郎さんの方がマシやて」

「…………」

「けど、鉄次郎さんはほんま器量の大きな人で、私を助けてくれた、ありがたいことやと、七菜香は喜んでたで。一生の恩人やとな」

「な、なんや、それ……」

自分の知らないところで、ぜんぶ片がついていて、しかも季兵衛から一言の報告もない。これはもう許し難いことだった。

「で、女将さん……七菜香が一緒になれた惚れた人というのは誰やねん」

「それも知らんかったか」

「知るかいなッ」

だんだん、鉄次郎は腹が立ってきた。おりょうもグルだったのではないかと、疑りたくなった。すると、おりょうはにっこりと微笑んで、

「それがな……掛屋《かけや》の『淀屋《よどや》』さんの若主人の誠吉《せいきち》さんや。ご先祖さんの名を継いで、何代目かは知らんが、三郎《さぶろう》右衛門《えもん》になってはる」

「――『淀屋』……あ、あいつか……！」

鉄次郎は衝撃で頭がくらくらした。

随分前に、どこぞの料亭の番頭だけの集まりの席で会ったことがある。まだ若くて、役者みたいな優男《やさおとこ》だが、かの豪商の淀屋常安《つねやす》の子孫で、代々町年寄も務めた一家の直系である。淀屋は幕府に闕所《けつしょ》にされており、五代目で絶えているはずだが、血

は繋がっていたという証が残されていたらしい。

掛屋の『淀屋』に奉公をしたのは、十二歳のときで、先頃までは手代頭に過ぎなかったが、店主が隠居をしたのを機に、番頭を飛び越して主人となったのである。そして、これまでの番頭の伊之助《いのすけ》は、引き続き番頭として支えることになったのだ。事情は違うが、鉄次郎と似たような立場となった。

「そんな……『淀屋』さんなら、別にうちを頼らんかて、腐るほど金があるはずやないか。なんで……」

「借金がある女やなんて、三郎右衛門さんには思われとうなかったんですわ。そんなこと知られたら、男がいたちゅうこともバレてしまいますよってな」

「………」

「綺麗な身で嫁に行きたいちゅう女心、分かってやりなはれや、若旦那」

「なんちゅうこっちゃ……」

鉄次郎はつくづく女運がないなと深い溜息をついた。もっとも、七菜香が幸せになれるのならばそれでいいと思ったが、季兵衛の行いだけは理解し難かった。

店に戻った鉄次郎は、季兵衛に事の真相を問い質《ただ》そうとしたが、今般の一連の材木の騒動について、両替商の『堺屋』に相談があると北浜まで出向いたと丁稚の詫助が言った。

帰ってから話してもよいのだが、余計なことはサッサと片づけたい鉄次郎は、『堺屋』まで行った。

暖簾《のれん》が川風に揺れている。

まっすぐ、その暖簾に向かっている鉄次郎の耳に、

「これで、『丹波屋』は終いやな」

「ああ。『堺屋』のものになるわい。まあ、その方が、奉公人のためにもええやろう」

という声が、風に乗って入ってきた。

何気なく振り向くと、すぐ近くの茶店の格子窓の中に、誰かは分からないが、商人らしき男が二、三人いて、何やら話し込んでいるのが見えた。思わず路地に入って、耳をそばだてると、

「材木問屋仲間から『丹波屋』を弾いたのは、『堺屋』が仕組んだことやと、あの若旦那は知らんのかな」

「若旦那やのうて、バカ旦那や」

「季兵衛さんも、前々から、『堺屋』には取り込まれとるさかいな……先代の頃から、『丹波屋』の暖簾を守ってきたのは自分や、なのに、あんな若造に好き勝手にされて

たまるかい……そう言うてたしな」

「まあ、今の『丹波屋』なんぞ、『堺屋』にしてみたら赤子の手を捻《ひね》るより簡単に手に入れられるンと違うかな」

「そやな。借金が半分になったのは大きい。自分のものにしてから、材木問屋仲間に戻り、例の百艘の船も、他の公儀普請も一手に引き受けるつもりとちゃうか」

「ほんま、ごっつう貪欲やなあ、『堺屋』は……」

などと言っているのが、断片的だが鉄次郎には聞こえた。今にも茶店に飛び込んで、問い質してもよいが、只《ただ》の噂話かもしれぬ。それに、一瞬にしてカッとなってはならぬと、短慮はあかんと、千寿に教えられたばかりである。

そういえば、いつぞや金毘羅船《こんぴらぶね》で会った次郎長一家の幹分・増川仙右衛門も、

「男が本気で怒るのは、一生に一回か二回でいいと思う」

と言ったのを思い出していた。

深く息を吸い込んで、ゆっくりと吐くと、鉄次郎は『堺屋』の暖簾を一度、振り返ってから、元来た道を戻った。そして、店に帰りながら、色々なことを考え巡らせていた。

おみなや七菜香の顔も浮かんだが、それよりも一番に浮かんだのは、別子山の奥地

に残してきた親兄弟のことだった。特に、母親のお鶴《つる》が手渡してくれた四千文の銭のことは忘れられない。それも、旅の途中、人にやってしまった。

しかし、今は何百両、何千両という金を扱う身分になっている。自分が頑張って、なんとか『丹波屋』を盛り返したら、いつか田舎に帰ることができるかもしれん。そう思っていた。親が望めば、大坂に連れて来ることだってできる。

自分が主人になったとき、二番番頭の美濃助が、

――若年の者は、支配人及び番頭になることを許さない。ただし、奉公人は途中で来た者でも、商売に相当の技量がある者は、引き上げて重い役を申しつけること。

と市田清兵衛《いちだせいべえ》という、行商から財を成した、八幡《はちまん》商人の家訓を持ち出して、鉄次郎が主人になってからも俄然、後押しした。店の者たちもそれに従った。たしかに季兵衛は、常に不機嫌な面をしていたが、色々なことを飲み込んで従ってきてくれた。

鉄次郎は改めて、周りの者たちに感謝をするのだった。そして、道端で物乞いの姿を眺めながら、

「儂は大きな恵みを分けてもらったのやな」

と改めて思うのだった。

七

夏が終わり、秋が立って、もうすぐ木枯《こが》らしの季節になるという頃まで、鉄次郎は堺の材木問屋から融通されたもので、一艘、二艘と弁才船《べざいせん》を造っていた。

もちろん、大坂でも同様の動きがあって、立売堀の材木商はもとより、〝造船〟に関わる者たちは血眼《ちまなこ》になって、働いていた。

その間《かん》、鉄次郎は季兵衛に対して、『堺屋』に関することも、七菜香のことも何ひとつ尋ねることはしなかった。季兵衛もまた、気づいているのかいないのか分からぬ顔で、自分の仕事をこなしていた。

角兵衛たちの援助によって、船造りは順調に進んでいたが、やはり一番の問題は材木不足だった。船造りは直線の材木だけでは当然だめで、自然に乾かしながら、巧《たく》みに歪めた材木が必要となる。それを幾重にも複雑に重ねるから、これで浮くのかと思えるくらい重量が増えるのだ。

木割術——つまり、船大工の設計は、古来より伝わるが、『丹波屋』が雇った船大工は〝瀬戸《せと》流〟というものだ。造船儀礼も含めて、極秘の技術を用いた。今で言えば、軍事機密という感じであろう。

先祖伝来の秘伝文書を受け継いでおり、その奥義《おうぎ》は棟梁以外誰も知らないし、見たところで理解できるものではなかった。元亀《げんき》年間に記された『船作秘伝之事』というものが、千石積み荷船の木割の最古と言われている。もっとも、それ以前から、千五百石ほどの大型の船は造られていて、遣明船《けんみんせん》などとして活躍していた。

また、関船《せきぶね》と呼ばれた水軍の軍船の作り方を記した『一葦要決』や『安宅木砕《あたけきくだき》』などをあわせもった書物を、その棟梁は持っており、これまでも菱垣《ひがき》廻船として造ったことがある。

大坂といえば、豊臣秀吉が朝鮮《ちょうせん》遠征の折りに、山崎豊後《やまさきぶんご》や川上和泉《かわかみいずみ》という当代一流の船大工に船を造らせていたが、その伝統が引き継がれており、短期間で大量の船を造るという匠《たくみ》の技が残っている。まさに、大坂は、大量造船の中心地だったのである。

他にも、唐津《からつ》流、境井《さかい》流、伊予流など多くの関船の造り方も、それぞれに伝わっているが、実際に多く造られていないのは、江戸時代が平和だったからに他ならない。

船大工は、他の建造物よりも複雑なものを造る技術があることも大切だが、まるで軍隊のような統率力や、機能に関する秘密を守ることも重要な任務であった。それゆえ、幕府や大名お抱えの船大工は士分の者もおり、格式も重んじられた。

そんな大層な船大工の棟梁と、その数十人の手下を引き連れて、堺湊の一角で船を造っている光景は、なかなか壮観であった。

鉄次郎は、小高い丘の上から、整然とした堺の町並みの向こうに見える造りかけの船を、気持ちよく眺めていた。

「まもなく、船卸《ふなおろ》しですな……いやいや、実に楽しみですわい」

鉄次郎の隣に立った美濃助も、感慨深げに溜息をついた。

船卸しは、〝ちょう始め〟から始まって、航据《かわらす》え祝い、筒立て祝い、など造船儀礼の最後の段階である。船から水際まで樫木《かしのき》の板を敷いて、その上にコロを置いて、船体をろくろで転がしながら、海上に浮かべる。船主が多くの大工や人足、客人などを集めて、船上で〝船見祝い〟をすることとなるのだ。

だが、鉄次郎の表情はなぜか憂《うれ》いを帯びていた。

「若旦那……船なんですからね、浮かぬ顔はあきまへん」

美濃助が主人の様子を見とがめて言った。

「そうやな……」

「ですが、何か悩み事があるなら、私が聞きますさかい、何なりと言うて下さい」

「ああ……」

「まだまだ若いんですから、気苦労があるのは当たり前のことです。それに、ひとりで考え込むのは、心にもようありまへん」

「すまんな、それこそ気を遣わせて」

「番頭は、主人のために、店のために気苦労を背負うもんです。その分、主人には気持ちよく仕事をして貰わなあきまへん」

美濃助は鉄次郎が何を考えているのか、すでに察しているかのように尋ねた。

「もしかして、季兵衛さんのことですか」

「──ああ……近頃、ちっとも商売に気が入っていないような気がするのやが、何か厄介なことでもあったかいな」

「私にも何も言わしまへん……ただ、もうそろそろ、隠居したいなんてことを言うております。なんで、そんな急に……と私も気がかりではありました。ただ……」

「ただ?」

「季兵衛さんは、『堺屋』さんから自分の店に来るように勧められているようです。その理由は、若旦那も気づいているとおり、『堺屋』がうちを狙《ねろ》うてることに、荷担しているからでおます」

その美濃助の言葉に、鉄次郎は小さく頷いて、

「もし、この造船がうまくいけば、何とか『丹波屋』の先行きも見える。立売堀の連中と競い合いながらでも、店は立て直せるのと違うかな」

千五百石の船ならば、船体が五千両、帆や碇《いかり》、綱などの道具が三千両という破格の値である。天保年間くらいまでは、十石十両というのが相場で、千石船ならば千両かかると言われていた。だが、幕末のこの時代で、公儀御用ということもあって、関船の材木も上質のを使うから、当然、さらに値が張った。その分、『丹波屋』の儲けも大きい。

「若旦那のおっしゃるとおりでおます」

「だったら、こっから先は、季兵衛にやって貰《もろ》てもええで。儂はまた、どっかに雇うて貰うたらええし、何処にでも行ける。けんど、季兵衛はやはり、丁稚の頃から『丹波屋』で奉公してきたんやから、愛着があるのやろ。儂に対する妬み嫉みは、店のことが心底、好きな証や」

感慨深い目になる鉄次郎に、美濃助ははっきりと、それは違うと答えた。

「なんでや、美濃助さん」

「誰が何と言おうと、鉄次郎さんが大将だからです。これまで何度も言いましたが、

私も他の手代らも、あんさんという人間に惚れてついて来ましてん」

「…………」

「角兵衛さんかて、他の商売の取引先の人たちかて、鉄次郎さんを信じているからでっせ。たしかに『丹波屋』の暖簾も重いですが、その暖簾を守るのは、私ら奉公人やありまへんか」

「そやけど……」

「もし、今、若旦那が季兵衛さんに対してすることがあるとすれば、キッパリと『堺屋』や『播磨屋』、それから立売堀の段五郎と手を切れと言うことです」

「なるほどな……しかし、季兵衛さんが素直に言うことを聞くとは思えへん」

「いいえ。今、うちの暖簾を季兵衛さんに渡してしもうたら、それこそ、あっさり『堺屋』に『丹波屋』を奪われてしまいます。そうなったら、私だけでのうて、杢兵衛や八之助をはじめ、みんな店を辞めてしまうと思います」

「…………」

「頼ンます。私らを路頭に迷わさんといて下されや」

　切実に美濃助に言われて、鉄次郎は店の主人としての、船で言えば船頭としての不甲斐なさを感じた。

「そやな……儂は奉公人のことを、ちゃんと考えな、あかんな」

その日は、堺の喜多野千寿の屋敷を美濃助とともに訪ねて、お礼かたがた、今後のことも話し合ったが、むろん物乞いのことは鉄次郎は語らなかった。

千寿の方も、そのささやかな秘密を楽しんでいるようで、

「また、いつでも遊びに来なさい。新町の方の屋敷にもな」

と十年来の知己のように接した。

だが、長居はせずに、北船場の店に戻った鉄次郎は、季兵衛を呼び出して、話したいことがあると伝えた。

「へえ。なんでございましょう」

物腰は低いが、どこか空々しい季兵衛の返事に、鉄次郎は相変わらずだと思いながらも、美濃助と話したこととは、まったく別のことを持ち出した。

「これまで、色々と後ろ盾《だて》になってくれて、おおきにな。ほんまに感謝しとるで」

鉄次郎が言うと、季兵衛はちょっと気味悪そうな目になって、

「――なんですか……何か、私が悪いことでもしましたかな」

「ああ。儂に黙って、百五十両もの金を、七菜香にくれてやったそうやな」

「え……！」

　驚いたものの、季兵衛は素知らぬ顔で、

「な、なんのこっちゃろ……知りまへんで、そんなん……」

「言いとうなかったが、まあ、それはええ。お陰で、七菜香は儂に惚れてなかったことは分かったし、あんたも人助けできたのやから、それはそれでよかった。店の金とはいえ、自分の器量で采配できたのやから、あえて文句を言うつもりはない」

「なんや……その、上からの物言いは……」

　不快を露《あら》わにした季兵衛だが、鉄次郎は穏やかな声で続けた。

「この店、あんたに任せようと思いますのや。どないだす」

「これまた、唐突に……」

　吃驚するというよりも、何か魂胆があるに違いないと疑ったような顔だった。その季兵衛に向かって、鉄次郎は同じ言葉を繰り返してから、

「嘘やない。冗談でもない。この店が、季兵衛さん、あんたのものになれば、もう『堺屋』さんの悪事に関わらなくても済むのやありまへんか」

「な……！」

「『堺屋』さんにこの店を乗っ取られるくらいなら、あんたが自分の手で守った方が

ええのと違いますか？　気づかないと思うてたんですか？　『堺屋』さんは、これまでも色々な店を安く買いたたいて、自分のものにしてきてる。それが悪いこととは言いまへん。いや、今様の商いかもしれまへんなあ……けど、儂はそういうやり方は、あまり好きやない」

「………」

「元が掘子やさかい、自分の手を汚して、汗水垂らして儲けなあかんと思う。人の足下を見て、安く買いたたくやり方は、さもしいとしか言いようがない」

「そんなこと言うたら、鉄次郎さんかて、材木を山持ちから直に……」

「それとは話が違うやろ」

鉄次郎は険しい目を、季兵衛に向けたまま、

「儂はあんたに、手が後ろに廻るような真似はして貰いとうないのや」

「な、なんちゅうことを……」

「このままでは、ずっと『堺屋』の小間使いにされてしまいまっせ。段五郎の顔色ばかりを見て、生きていかなあきまへんで」

「！……」

「この店で、あんたの思うように成り上がったらええ。てっぺんまで行ったらええ。

そしたら、金貸しの『堺屋』ごときに、ならず者同然の段五郎ごときに、頭を下げることはないのや」

力を込めて言う鉄次郎に、季兵衛はガツンと叩かれたかのように圧倒された。しばらく、じっと見つめ返していた季兵衛は、突然、悪寒でも走ったかのように震えて、

「――ち、違いますのや、鉄次郎さん」

と嗄《しやが》れ声を洩らした。

「え……？」

不思議そうな目になる鉄次郎に、季兵衛はもう一度、

「違いますのや……私は……そりゃ、あんたが憎々しかった……でも、これだけのことをやり遂げて、本当は感心してた……いや、恐れおののきさえした。何十年も商売をやっていた私は何やとも思うた。でも……」

「でも……？」

「もう、後戻りできまへんねん」

「どういうことや」

「『堺屋』が表向き鉄次郎さんの後押しをしてたのは、他の店と同じように買いたたくのが狙いだったんですわ。でも、『丹波屋』には、えらい借金があることを知った

……そやさかい『堺屋』さんは、できる限り借金を減らした上で乗っ取るつもりやったのや」

「…………」

「けんど、思いの外、鉄次郎さんが頑張ったさかい、『丹波屋』は潰れそうにはならん。いや盛り返してきた。それが、『堺屋』さんには、憎たらしかったンです」

「そんな……」

「下手したら、今度造ったばかりの船を燃やしてしまうかもしれへん……それほど、あんたを蹴落としたがってる……一方で、うちに金を貸したりしながら、なんでか、あんたを……」

「…………」

「すんまへん……私は……『堺屋』に脅《おど》されて、言うことを聞いてただけなんですわ……む……娘を、人質に取られたも同然に……」

「なに、それこそ、どういうことやねん」

鉄次郎は聞き返したが、ぶるぶる震え出して止まらなくなった季兵衛に手を差し伸べた。思わず握った季兵衛の指先は、死人のように冷たかった。

「あきまへんねん……私は……もう……」

消え入る声で項垂れる、こんな弱気の季兵衛を、鉄次郎は見たことがなかった。それほど異様なことが、季兵衛の身に起こっているのだと、鉄次郎は思わざるを得なかった。

そして、体中に熱いものが、一瞬にして広がった。

第三章　食いだおれ

一

大坂は町人の町と言われる。事実、武士の数は八千人程度と言われ、町方の与力同心は二百人程しかいない。江戸は人口の半分の五十万人が武家だったことに比べれば、三十数万の大坂では、まさに少数である。

武家屋敷もほとんどが大坂城の東側に位置し、ほんの一部を除いて、西側はすべて商人や職人が暮らし、商いを営んでいる。江戸に限らず、ほとんどの城下町は城を中心に、同心円を描くように武家地が続いて、だんだん遠くに行くに従って町家が並び、田畑となるものである。しかし、大坂は天満、船場が広々とした町人の〝区域〟となっているのだ。

これは東が高台で、西の方が海に近づいて平野になる地形からくるものだが、町場が異様なほど開けていることに間違いはない。東西の町奉行所が、ふたつとも大坂城京橋口近くにあったのも、大坂城を守る位置だったからかもしれない。

大坂城代は、将軍の代理として来ているから、その権力は絶対だが、

——天下の台所。

を担《にな》うと自負する大坂町人たちにとっては、どうでもええ存在だったのかもしれない。

事実、町政に関しては、町奉行所が担《にな》っており、大坂城は本来、西国大名に睨《にら》みをきかす要塞《ようさい》だったが、幕末に近い安政の世にあっては、もはやその役目も中途半端なものだった。むしろ、外敵に備えるための本陣になってもよさそうなのに、まだ大坂は危機感が薄いのか、大坂城代は老中へ向かう出世の階段のひとつでしかなかった。

そうはいっても、幕府は洋式の小銃を揃《そろ》えたり、軍事演習をしたり、昨年は長崎に海軍伝習所を作り、慌ただしく外国船に備えている。この夏はハリスが下田に来た。それを受けて、老中首座の堀田正睦《ほったまさよし》が外国事務取扱・海防月番専任になり、大坂にも安治川、木津川の河口に台場を築くなど、焦臭《きなくさ》い世相が広がっていた。

もし、異国と戦になったとしたら、大坂は天領ゆえ、合戦場になるかもしれぬ。だから、長者や分限者たちは何度も寄合を重ねて、戦国時代の堺のような〝自治区〟を作るために、『淀屋』の若主人・三郎右衛門を中心とした新しい町作りをしようという構想もある。妄想にも近い話にせよ、財力のある大坂商人は、徳川の世の中でなくなったとしても、外国と渡り合える自信と自負があった。

今日もそのような会合に、あの花火の夜と同じ〝大黒講《だいこくこう》〟の面子《めんつ》が集まっていた。

場所は、『播磨屋』が中心となって造った関船の矢倉の中である。『堺屋』文左衛門が音頭取りだが、この前まで文左衛門が後ろ盾になっていた鉄次郎の姿はない。その代わり、『淀屋』三郎右衛門が、上座の大坂城代・土屋采女正のすぐ隣に座らされていた。三郎右衛門は、いかにも窮屈そうな顔で、場違いな所に来たと恐縮しきりだったが、長者たちは淀屋常安の子孫だという〃血統〃や〃家柄〃のよさを持ち上げて、下にも置かぬ持てなしをしていた。

「天は二物を与えぬと言いますが、それは大間違いですなあ。三郎右衛門さんは役者のような風貌、頭の良さ、度胸の良さ、なんでも持っておられて羨《うらや》ましい限りですわい」

狸面《たぬきづら》した年寄り長者が、本音か嘘か分からぬ言い草で褒《ほ》めた。

「しかも、新町芸者の中じゃ飛びきりの七菜香さんを嫁にしたとか。しかも、押しかけ女房……いやいや、色男、金と力はなかりけり、なんて言うけれど、あれも三郎右衛門さんに限って言えば、嘘でんな」

別の猿顔の長者が讃《たた》えた。狐《きつね》顔に猪《いのしし》顔、牛顔に虎顔など、まるで森の中の生き物が集まったような寄合である。もっとも、そもそも魑魅魍魎《ちみもうりょう》の森の中という雰囲気は否《いな》めないが。

「ところで、お殿様……」

文左衛門が土屋に声をかけた。

「世の中は何やら焦臭いことばっかしで、私ら町人がほっとできるええ話が、あまりありまへんが、ほんまに異国と戦になりますのんか？　何にしても戦は御免《ごめん》や」

いざとなれば自分たちで自治区を作るなどと息巻いているものの、長く泰平の世を享受してきただけに武士も町人も結局、〝平和ぼけ〟で、世の中が急激に変化するということに、真実味を感じていないようだった。しかし、現実に黒船などの異国船がもう三十年余り前から、日本近海に出没しており、徐々に眠りを覚まさせられる情勢となっている。

それがために、幕府も戦船を百艘も造れと命じてきたのであろうが、大砲などを積んでいるわけではなく、実際の戦に備えているとは言い難《がた》い。本当に弾丸が飛び、人が斬りあうような戦になるとは、この大坂に住んでいる限りは絵空事のように感じる。戦になったら、それで儲《もう》けようという、戦国時代の豪商のような考えはなかった。

「どうなんだす、お殿様。この国はどうなるのでしょうかねえ」

誰かが訊《き》いたが、土屋は、

「さあなあ」

と答えただけだった。わずか二、三年先のことであるが、大坂や兵庫は開港をすることとなる。だが、土屋は反対の立場を取った。しかしその後の、水戸藩の天狗党《てんぐとう》の乱では鎮圧をすることもなかった。そのため後世佐幕か倒幕か、どっちつかずの殿様として評されるのだが、明治の世になっても長生きするくらいだから、優柔不断の勝利と言ってもよかろう。

「でも、お殿様。私たちは、今や大坂を挙げて、船造りに勤《いそ》しんでおります。一挙に、百艘を揃えるのは難しいですが、必ずや殿の意向に添えるよう粉骨砕身《ふんこつさいしん》、頑張っていきますさかい、よろしゅうお頼みもうします」

文左衛門が深々と頭を下げて、またいつぞやのように、大判をごっそりと差し出した。だが、土屋は嬉《うれ》しそうな態度ではなく、ぼんやりした顔つきで、

「うむ。ああ……」

と曖昧《あいまい》な返事をして、すぐさま大判を手にしようともしなかった。

「お殿様……お加減でも悪いんですか？」

「いや、そうではないが……どうもな、風向きが悪くなった」

「大丈夫でおま。このできたての船は、湊《みなと》で停泊させて浮かんでいるだけですから。

新しい木の香りもなかなかいいでしょう」

「そうだな……」

「なんだか、可笑《おか》しいですよ、お殿様。ささ、もっと召し上がって」

と半ば強引に酒を勧めた文左衛門に、土屋は申し訳なさそうに、ぽろりと言った。

「百艘というのは、嘘じゃ」

「え……？」

「いや。嘘ではない。ただ、大袈裟《おおげさ》に申しておった。たしかに数十は必要だが、それもいらんと、上から話が来てな。もう造らんでよい、ということに相成った」

「相成った、て……」

困惑したのは文左衛門だけではない。他の長者や分限者たちも意外な目を向けた。いや、中には、「さもありなん」という顔で見ている者もいたが、多額の〝投資〟をしている『堺屋』としては、衝撃を隠せなかった。

「どういう意味ですか、お殿様。まさか、もう船はいらぬとでも？」

「むろん、いらぬわけではない。だが、今はそう言う情勢ではなくなった、ということだ」

「ですから、どう変わったのです」

思わず身を乗り出す文左衛門に、土屋は歯切れの悪い口調で、

「すまんとしか言いようがない。だが、安心せい。造った分については、なんとか捻出しようと思う」

「なんとか……って。そんな殺生な……ご公儀から回収できるという約束があるからこそ、私らは材木を諸国から掻《か》き集め、船造り場までこさえて、船のために材木に手を加えてるんでっせ。今更、あかん言われても、困りますわい。なあ、皆さん」

と同席している人たちに同意を求めたが、長者たちは意外と涼しい顔をしていた。

何十万両、何百万両も持っている者にとって、今般の造船話に出した金は、ちょっとした賭け事程度のものである。店の命運をかけた『堺屋』とは事情が違っていた。

この話が頓挫《とんざ》すれば、『堺屋』の身代《しんだい》は傾《かたむ》き、それこそ首を吊らなくてはならない。

長者のひとりが、さりげなく言った。

「見通しが甘かったですな、文左衛門さん……うまい話には裏があると言ってたのは、あんさんじゃなかったかなあ」

「いや、これは……」

「私らかて、遊びで金を出したわけやないさかい、大損にならんように頼みまっせ」

「あ、そう言われても……」

文左衛門の額から、ぶわっと汗が噴き出してくるのが、誰の目にも分かった。だが、長者たちは、

——わてらは知らんで……。

というあからさまな表情であった。

すると、三郎右衛門が恐縮したように声を出した。

「あの……余計なことかもしれまへんが」

長者のひとりが、何なりと話したらええ、ここは〝大黒講〟だから、商いについて自由に意見を言う場だと勧めた。

「もし、城代の土屋様がおっしゃるように、幕府が買わないとしても、他の大名が買うかもしれないのではないでしょうか」

「だ、大名が……？」

縋《すが》るような目で、文左衛門は三郎右衛門を見やった。

「薩摩や長州、土佐など西国の藩や、それこそ、土屋様の従兄弟にあたられる水戸様のような、異国船がよく来る海に面した藩では、ご入用なのではありませんか？」

「あ、阿呆《あほ》か……諸藩が千石船を造ったり、持ったりするのは天下の御法度《ごはっと》や。幕府やから成り立つ話やないか。ああ……」

絶望のどん底に沈んだ顔になって、文左衛門はガックリと肩を落とした。そんな姿を見て、長者たちは微笑《ほほえ》みながら、

「思い悩んでも仕方ありまへん。三郎右衛門さんみたいに、違うことを考えたらええ」

「そう言われても……あなた方なら、どうしますか？」

「わてらは利子だけで儲けるのやさかいなあ……儲けられそうな話なら、なんでもええんですわ。船だろうが大根やろうが」

「大根て……みそくそ一緒にせんといて下されや。ああ、どうしたらええかなあ……材木問屋には前払いまでして、諸国から木を集めさせたさかいなあ……」

「それもこれも、『丹波屋』を懲《こ》らしめたろうという魂胆《こんたん》からやろう？　その性根があかんかったな」

と別の長者が淡々と言った。

「他人事《ひとごと》みたいに……煽《あお》ったのは、あんたらやないですか……」

「そうか？　知らんで、そんな」

もうひとり別の長者が、少し語気を強めて、

「材木が仰山《ぎようさん》いるから、金を貸してくれと言うて来たのはそっちやないですか。船

になるということで、一本の木材が五倍や十倍の値うちになる。そしたら、倍返しなんぞ簡単なことや。そう言うて、私らを説得したときの元気はどないしたのや」

「ほんまや。何かええ考えが欲しかったら、若い三郎右衛門に考えて貰《もろ》うたらええ。『淀屋』の流れを汲《く》むお人やさかい、何か起死回生の一手でもありまっしゃろ」

長者たちはそう言うと、船を岸に着けてくれと言い出した。まるで、泥船から降りたがるような、妙に慌てた言い草に、文左衛門は腸《はらわた》が煮えくりかえっていた。

二

文左衛門は立売堀の段五郎の屋敷に立ち寄り、土屋から言われたことを、段五郎に伝えた。

すると、話が違うと急に掌《てのひら》を返して、段五郎は大声で、

「おまえの都合なんか知るかい。俺たちゃ、ただの人足集めや。今更、いらんちゅうなら、それなりの弁償して貰おか」

と追い詰めた。

「勘弁してくれ。親分と私の仲やおへんか。必ず他の仕事を探すさかい」

「探すて、この不景気に何処《どこ》にあるのや。大船を造るちゅうから、運び人足だけでも、何百人も集めたのやないか。それに、このままじゃ俺の顔も潰《つぶ》されることになる。俺かて、あちこちの顔役に、自腹を切ってまで無理を聞いて貰うたのや。すんまへんで、すむか、ボケ」

まるで、やくざ者のような地金を出した段五郎に、文左衛門はしがみついて、

「そりゃないやろ、親分。私は随分、あんたに融通したやおへんか」

「それこそ、お互い様やないか。こっちも命を張って、あんたを悪い奴から守ってやったこともあったよなあ」

「ですから、今度も……」

「だったら、出すもん出さんかいな」

「もう散々、金はあちこちに払《はろ》うてます。こっちかて貸し損なんですよ。五十万両近い売り上げ、その中の五万両の儲けを睨んでの融通でしたんや。最初の船の代金も払うてくれんから、うちの蔵、空っケツでっせ」

「知るかい。金貸しが〝分〟を弁《わきま》えんと、違う商売に首を突っ込むから、そないなんねん。これで懲《こ》りたら、まっとうな金貸しを営むのやな」

「それすら、できまへん。ですから、どうか人足代の前払い、半分でええから、返し

てくれまへんか」

「もうないなあ」

「半分は、親分がピンハネしてまっしゃろ」

「おい。言葉は気をつけて言えや」

段五郎は野太い声になって、

「俺たちは、やくざと違うぞ。まっとうな商売をやってるのや。踏み倒そうとするおまえの方が、阿漕《あこぎ》やないかッ」

「そんな……これじゃ私……ほんまに首を吊るか身投げするしかありまへん……」

「勝手にさらせ。足を引っ張ってくれだの、背中を押してくれだのと言うのやないやろな。まあ、せいぜい生きて、ちゃんと金の工面せえ。それが、あんたの仕事やろ」

突き放すように言った段五郎を、文左衛門は怨《うら》みがましい目で睨むと、

「さいでっか……人間、そんなもんやと、よう分かりました」

「おまえに同じことを返したるわい」

冷たく笑った段五郎に背を向けると、文左衛門は通りに出た。急にどんよりと曇《くも》って、冷たい風が吹きすさんだ。ぶるっと背中が震《ふる》えたが、もうどうしようもなかった。

文左衛門は、四ツ橋から長堀川を木津川の方へ向かった。賑《にぎ》やかな心斎橋《しんさいばし》の方へは行く気がしなかった。

しだいに川風が強くなって、冷たい水の中へ招かれるような気がしてきた。

――このまま飛び込んで、海に流れて、藻《も》くずとなって消えたい。

という気分に晒《さら》された。

そのときである。

「あかんで……死んだら、あかん」

内心を見抜いたような声が、何処からともなく聞こえた。風が吹いてくる方を見やると、そこには鉄次郎の姿があった。

一瞬、目を擦《こす》ったが、改めて見た文左衛門は、

「なんや。哀《あわ》れな奴と、笑いに来たんか」

と忌々《いまいま》しげに悪態をついた。

鉄次郎はそれには何も答えず、同情の顔でもなく、かといって怒っているふうでもなく、

「けつねうろんでも、食いますか」

と声をかけた。

「すぐそこに、うまい店がありますさかい」

文左衛門は口元を歪《ゆが》めて立ち去ろうとしたが、その腕をガッと摑《つか》んだ鉄次郎は、強引に店に連れ込んだ。うどんを注文して、奥の小上がりに上がると、

「番頭の季兵衛に見張らせといたんですわ。もしかしたら、文左衛門さんもまずいことになるのではって……」

「え……」

「いくら城代様直々の命とはいえ、幕府はそんな大金払えるような財政やないとあちこちで耳にしましてな。いつかこんなことになる予感がしてたんですわ。そやさかい、儂も自分とこで造れる分だけとはじめから決めてましたんや。」

鉄次郎がそう言うと、文左衛門は俄《にわか》に眉根を上げて、

「なんやてッ。もしかして、おまえ、それを承知で、儂が多額の金を使うのを、だ、黙って見てたんかい」

「まさか。うちかて、せっかく造った一艘は、パア同然で、後のぶんは宙に浮いたままです。できあがったもんだけは、ある人を通して、薩摩に買《こ》うて貰いましたが、二束三文ですがな。でも、捨てるよりましやさかいな」

「ある人って誰や」

「堺の喜多野千寿という人です」

「あ、ああ……」

知っているのか知らないのか、曖昧に頷《うなず》いた。

「不思議と色々な人脈があるらしいが、おまえどうして、喜多野さんなんかと……」

「縁とだけ言うときまひょ。実のところ、儂も本当の正体は分かってまへんねん」

それは本当のことだった。貧乏から成り上がったことは聞いたが、それ以上のことはまだ知らないのだ。奥が深いというか、霧《きり》の中にいるような人というか、謎が多いのだ。

「それより、『堺屋』さん……こうなったからには、もう季兵衛をあれこれこき使うのはやめて下されや」

「こきつかうて……」

「季兵衛には別れた女房がいて、その人との間に娘がいるそうやが、その娘を人質にしてまで、自分の思い通りにさせようとしてたらしいですな」

「人質て、どういう意味や」

腹立ち紛れに手にしていた手拭いを、引きちぎらんばかりに握って、

「そんなこと、私は知らんで。何を因縁《いんねん》つけてるのやッ」

「目の病に罹《かか》ってて、見えなくなるかもしれへん。その手術を長崎帰りの医者にさせるが、かなりの金がかかる。その頃の、季兵衛の手当てでは到底、無理やから、旦那が面倒を見てやったことがあるそうやな」

「あいつが頼んできたからや……」

「その代わりに、『丹波屋』を手に入れようと、あれこれ工作をしていた矢先、儂が継ぐことになった。その上、店が借金塗《まみ》れになっていたと知った。そんなものはいらんとなったが、なんとか盛り返したら、また欲しゅうなった……季兵衛からそう聞きました」

　鉄次郎が丁寧に話すと、黙って聞いていた文左衛門は、仕方なさそうに頷いた。

「儂はそのことを聞いて、季兵衛も人並みな親心がある人間やったのかと、正直ほっとした。ほんま、いつもえげつないことしか言わんかったからな」

「…………」

「でも、ひとつ分からんのは、なんで『堺屋』さんほどの人が、『丹波屋』を欲しがったかちゅうことや……しかも、この一年、表向きは、儂の後押しをしてくれてた……なんで、そんなに『丹波屋』が……」

　顔を覗《のぞ》き込む鉄次郎の目に、文左衛門は思わずそっぽを向き、

「――あかんか……」

「他にも幾つか、店を買い取ってるやないか。小間物問屋に呉服問屋……」

「そやな……訳は自分でも分からん」

「……………」

「人間てのは不思議なもんでな。十両あったら、百両。百両あったら千両、欲しゅうなる生き物なのや」

「――そんなもんですか」

「ああ。そんなものや。欲に手足がついてるのが人間やと、あの西鶴さんも言うてるやないか。でも、どっかで手を引かなあかん。なんとかせなあかん……そう思うてるうちに、どんどん、欲という底なし沼に入ってしまうのや」

「……………」

「足掻《あが》いても足掻いても、全然、抜けよらへん……そやから、沈まんためには、もっともっと上に手を伸ばさんと、溺《おぼ》れてしまうのやがな……あんたかて、自分で一から築いて手に入れた店やったら、守らなあかんという思いと、攻めなあかんという思いの間で、藻掻《もが》き苦しむはずや。そうならんのは、『丹波屋』を失《うしの》うたところで、自分は何ひとつ損はせんという居直りができるからやないか」

文左衛門はしみじみと言った。たしかに、鉄次郎は、頭の何処かに、

——最後の最後は、無一文になっても構わん。

という〝居直り〟がある。店の者たちの暮らしを守りたいという思いに嘘はないが、本当の意味で切羽《せっぱ》詰まったものはないかもしれぬ。鉄次郎は小さく頷いて、

「文左衛門さんの言うとおりかもしれまへん。でも、文左衛門さんは、何のために金貸しをしてるんですか。誰のために、商売をしてはるんですか」

「え……？」

そんなこと考えたこともないという顔で、文左衛門は鉄次郎を見た。

「喜多野千寿さんは、こう言うてはった。そりゃ、初めは自分の飢《う》えを凌《しの》ぐためや。けど、頑張って頑張って余裕がでけたら、世のため人のために生きなあかんて」

「世のため人のため……」

「当たり前のことやけど、なかなかそうは思えんものやとも。でも、儂も思う……人としてこの世に生まれたからには、世のため人のためになることをする。てめえひとりは、ちっぽけなもんやが、何か役に立たんとあかん」

「…………」

「文左衛門さんは、そりゃ大層、世の中の役に立ってきたはずや。本来なら、誰も貸

してもらえへん人にでも、金を貸した。少々、金利は高かったかもしれんけど、それで商いをやり直したり、飢えから救うこともでけたと思う」

「いや、それは……」

違う——と文左衛門は否定した。半ば無理矢理貸し付けて、それが元で一家心中をした者もいる。すべてが文左衛門のせいではない。しかし、悲惨な事件に知らないうちに荷担したことは事実だ。

「だからこそ、私は長者や分限者と違《ちご》うて、金貸しではない〝商い〟をすることによって、人間らしさを取り戻したかったのや。なあ、鉄次郎はん……あんた、ド貧乏ちゅうのをしたことあるか？」

「喜多野さんにも訊かれましたわ。幸い、鉱夫をしてたから、飢えることはなかったけれど、決して豊かな暮らしとは言えまへん。死と隣り合わせの仕事やったし、その気持ちは分かるつもりです」

「さよか……」

文左衛門は小さく頷いたが、少し笑みを浮かべて、

「——人ちゅうのはな、貧乏は辛抱できるねん。そやけど、人としての尊厳を傷つけられるのは、我慢できへんねん……哀れみをかけられるのは、誰かて嫌ですやろ……

それが嫌やから働いてるのや」

そう言ってから、

「えらい、うどん、遅いやないか」

と付け加えた。

「茹《ゆ》で置きやのうて、生から茹でてるさかいな……食うてから考え直しまひょ……これからのことは」

鉄次郎は微笑み返した。

三

立売堀の貯木場には、造船用に集めたものの処分仕切れないまま残っている材木が積み上げられており、水に浮かべたままのものも沢山あった。

江戸の深川《ふかがわ》のように海水を含んだ水ならば、防虫になってよいのだが、淡水では腐食が早まる虞《おそれ》もある。何とか利用先を見つけない限り、材木問屋も〃在庫〃を抱えたままで立ち行かなくなる。そういう意味では、『丹波屋』は不幸中の幸いで、大損することは免れた。

そのことを、またぞろ妬《ねた》み嫉《そね》む輩《やから》がいるから、困ったものである。商人というものは、仲よくしているように見えて、案外と腹の中では違うことを考えているものだなど、鉄次郎は改めて感じていた。

とはいえ、このままほったらかしにしていても何も解決しない。『丹波屋』なりに、小さな川船に使ったり、橋梁の補強や新しい建物などに利用していた。番頭や手代が一丸となって、他の材木問屋が抱えてしまっている分を何かに使えるようにしたり、『堺屋』が買い占めたものを少しずつでも売れるようにする知恵を貸し、実践していた。

だが、全体のまだ一割も片づかないでいた。冬場は凌げるかもしれないが、年を越して春になり夏になれば、さすがに製材したものは傷みやすくなってくる。新たな使い道を探すのに苦慮していた。

そんなある日——。

住友『泉屋』の三善清吉が単身、『丹波屋』を訪ねてきた。

相変わらず高慢ちきな面構えだが、上品な羽織に身を包んだ清吉は、大坂に来てから、益々《ますます》垢抜《あかぬ》けたようだった。いつになく穏やかな笑みを浮かべているが、これまた何か裏があるに違いないと、勘繰りたくなるような不気味さが漂《ただよ》っていた。

対応に出た鉄次郎に、清吉は開口一番、恩着せがましく、

「助けに来てやった。『堺屋』さんから相談を受けてな。この景気の悪いときに、材木が余っては仕方がないなあ」

「――何をしに来たのや」

「そやから、助けてやろうというんや。おまえさんは、おみなの幼馴染《おさななじ》みでもあるしな。何とかしてやってくれと、おみなにも頼まれてるのや」

「…………」

「安心せえ。病の方は大分、良うなって、自宅の方で養生しとる。梶木《かじき》の方にちょっとした家を借りてな。鰻谷の方はちょっと空気が悪いさかいな」

銅の精錬の影響であろう。それにしても、梶木町《まち》とは、『丹波屋』からも目と鼻の先である。淀川は、上流を大川といい、中之島で、堂島川と土佐堀川に分かれ、堂島川はまた曾根崎川《そねざきがわ》に分かれる。複雑に入り組んでいる辺りゆえ川風が心地よいから、体にもいいのだろうと鉄次郎は思った。

船場の町名を覚えるのに、

――浜梶木、今は浮世と高伏道《こうふしど》、平野淡路、瓦備後、安土本町、米屋唐物、久太久太に二久宝、博労順慶、安堂塩町……。

という歌で、北から南へと町の順番が頭に自然に入るようにする。鉄次郎も調子に乗せて繰り返し覚えた。

「どうした、鉄次郎……すぐ近くやからちゅうて、人妻の顔を見に行ったらあかんで」

挑発するような言い草の清吉に、

「そんなこと……」

するかいという言葉は飲み込んで、改めて用件は何かと聞いた。

「そのことよ。銅の精錬には炭がいる。良質な炭がな。そこで、おまえんとこに限らず、余った材木を使《つこ》うてやろうと思うてな」

「阿呆なことを言うたらあかん。船を造る材木と炭造りの木とはモノが違うことくらい、あんたかて知ってるやろ」

「しかし、こっちも不足してるのや。うちには、炭を造る技もあるさかい、どんなんでもええのや」

「待ってくれ。燃やして捨てるような材木と違うど」

「腐ってしまうよりええやろ。こっちも商売やけどな、ちょっとは高《たこ》う買《こ》うたるよって、少しはおまえの店も楽になるのと違うか。これも別子銅山のよしみや」

断る道理はなかろうという顔で、清吉は鉄次郎を見ていた。

「――そうやな……」

しばらく考えていた鉄次郎は、ぼんやりと暖簾《のれん》越しに表を見ると、冷たい風が路上を吹き抜けて砂埃が立った。いつもの賑やかな船場の通りが荒野のように見えた。土佐堀川の向こうにある大きな蔵屋敷が、遥か遠くに感じる。

船場は元々、「洗馬」だったとか、「千波」であるとか、あるいは「戦場」だったなど色々と言い伝えがあるが、船が多く出入りした「船場」そのものが最もしっくりくる。この商業の中心地で、清吉と再会するのも妙なことだと、鉄次郎は思っていた。

「なんや、ぼさあっとしてからに。どうするのや。『堺屋』さんも、おまえと話をして、少しはこれまでのやり方を変えるちゅうてたで。何を話したか知らんが、あの人はまだ潰れることはないやろ」

「………」

「おまえもしっかりせい。住友に縁のある者として、慈悲をかけてやってるのやないか。これでも私は、本家に無理を通せる立場になっているのやで」

ただ自慢をしにきたとも思えぬ。商売人だから、損をすることにわざわざ手を出すとも考えられぬ。窮地の知人を救ったと、おみなに見得を張りたいためでもなかろう。材木を仕入れたがる裏には、何かあると察したのは、鉄次郎の勘としか言いようがなかった。

この勘は、別子銅山で掘子をしていたときに培《つちか》われた才覚というよりは、先祖からの血の中に流れているものとしか言いようがない。

鉄次郎は、「切上《きりあ》がり長兵衛《ちょうべえ》」という山師の末裔《まつえい》である。別子銅山発見のきっかけとなった人物で、立川《たつかわ》銅山の住人であった。もっとも、その前には備中吉岡《びっちゅうよしおか》銅山におり、さらにその前には、出羽《でわ》、三河《みかわ》、美濃《みの》、越前《えちぜん》、若狭《わか さ》、出雲《いずも》、石見《いわみ》、播磨、薩摩など十数カ所の銅山を渡り歩いた鉱夫で、露頭《ろとう》（鉱床が地表に露出している部分）を見つける術に長けていた。

商売に置き換えれば、新しい商機を見つけることに鼻が利《き》くと言えばよかろうか。鉄次郎はわずか一年半程の商売で、その感覚を身につけた。いや、隠れていた才能が目覚めたと言ってもよかろう。それは、身近な番頭の季兵衛や美濃助や手代らはもとより、喜多野や『堺屋』、長者や分限者らも認めていることでもあった。

鉄次郎は清吉に向き直ると、

「有《あ》り難《がた》い話やが、少し考えさせてくれまいか」

「なんか不都合でもあるか」

「そうやない。あまりにも話がうますぎて、ちょいと逡巡《しゅんじゅん》してるのや」

「私のことが信頼できないとでも？」

「大坂城代様かて、大嘘をついてはったのやさかいな。うまい話には裏があるちゅう、喜多野さんの言うことも聞かんとな」

「誰やそれは……」

堺の金貸しで、造船の折りには大変な世話になったのだと話したが、清吉はその人物のことは知らなかった。鉄次郎もあえて詳しくは話さなかった。

「たしかに、そのとおりやが、おまえの幼馴染みの亭主やないか。おまえを騙《だま》したりするもんかい」

「古いこと……というても、まだ去年のことやからな……あんたのせいで、儂が銅山を追いだされたのを忘れんといてくれ」

「私のせい、な……」

意外そうな表情になったが、清吉は苦笑して、

「勘違いして貰《もろ》たら困るなあ。私はあんたを助けたつもりやで。あのままやったら、鉄次郎さん、あんたは川之江《かわのえ》代官に捕まって厄介な事になったやろうし、銅山の者たちに半殺しにされたかもしれん。お陰で、おまえは、こうして、思いがけず、船場の

商人になれたんやないか」

「物は言いようやな。あんたが棹銅を横流ししていたことを、こっちが黙ってたんは、おみなが嫁に行くと決まってたからや」

「——案外、ケツの穴の小さなことを言うのやな。穿《ほじく》り返してどないするのや。それに、私は横流しなんぞしてない」

「…………」

「だんだん不愉快になってきた。やはり、おまえなんぞ助けてやるもんかい。情けが仇《あだ》とはこのことや」

清吉は感情を露《あら》わにすると、背中を向けて店から出て行こうとした。結界と呼ばれる帳場から見ていた季兵衛も、困惑したように口元を歪めていたが、

「お待ち下さい、三善さん」

と清吉を呼び止めた。季兵衛は立ち上がって追いかけて来ながら、

「若旦那。勘弁して下さい。三善さんに頼んだのは、私なんです。余計なことやったかもしれまへんが、少しでも損を取り戻したいと思いまして……」

そう言って頭を下げた。

「季兵衛さんが謝るようなこととちゃう。清吉さんの申し出が嫌だというわけでもな

い。儂は……せっかく集めたええ木材を、もっとええことに使いたい。木材たちかて、本来の使われ方されたいやろ」

「──若旦那……」

それでも季兵衛は、清吉を追いかけようとしたが、鉄次郎は止めて、自分が暖簾《のれん》を分けて表通りに出た。

「清吉さん……」

振り返った清吉に、鉄次郎は軽く頭を下げて、

「心遣いありがとうさんどした。そやけど、あんたにだけは助けて貰いとうないのや。その分、おみなを幸せにしてやり」

「ふん……」

清吉は小馬鹿にしたように不気味な笑みを浮かべると、大股《おおまた》で立ち去った。

「ええんですか、若旦那……」

「──あいつの顔を見て、ピンときたで」

「はあ？」

「住友の家祖である政友《まさとも》さん、つまり文殊院《もんじゅいん》さんはな、『浮利に走るな。根本を見極めよ。安い物でも疑わしい物は買うな』と戒《いまし》めてはる。そやから、あいつが相場よ

り高く買うことは、おかしなことや。単なる欲やなかろう」

「どういうことです」

「やはり裏があるちゅうこっちゃ」

「裏……」

「別子の銅山《やま》もな、年季請負制やったが、濫掘《らんくつ》は避けて、できる限り長い間、稼業できるようにと心がけていた。そこが住友たるところや。奴がそれを知らんとは思えぬ。つまり目先の利益に走るとは考えられへん」

「そういえば……」

季兵衛も思い当たる節があるような顔つきになって、

「近頃の住友さんは、銅山や銅吹きのみならず、田安《たやす》、一橋《ひとつばし》、清水《しみず》という御三卿《ごさんきょう》をはじめとして、何十もの大藩の蔵元や掛屋を営んで、金貸しの方にも力を入れてますが、武家との関わりがややこしゅうなってます」

「つまりは、莫大な金を、貸し倒れされてるちゅうことやな」

「へえ。幕府からは、『銅山御用達』を貰っている関係で、不当な〝御用金〟を申しつけられているらしいですわ。幕府も財政難の極みでっさかいな」

「だからといって、住友ともあろう〝お大家〟が浮利に走るとは思えない……なんか、あるのや、なんか……」

　鉄次郎が山師のような鋭い顔つきになるのを、季兵衛はじっと見つめていた。商人としての頼もしさを感じている目だった。

四

「それは、〝背割り〟とちゃうかな……」

　喜多野千寿は、新町外れの自前の茶室にて、茶釜《ちゃがま》の湯を沸かしながら、そう答えた。前に座っている鉄次郎は、首を傾げて、

「背割り？」

「ああ。そや」

「もしかして、製材して乾いた材木が、捻《ねじ》れたり割れたりするのを見越して、予《あらかじ》め木の中心まで入れておく切り込みのことですか」

　含水力によって生じる歪みによって破損しないように、人の力でわざと破壊しておく方法である。背割りした部分を見えないように据えれば美観は損なわれず、強度についてもまったく問題がない。むしろ、背割りをしておかないと、柱が割れたりする

のである。

それと同じ意味あいで、商売においても、予め損をする部分を作っておき、店が潰れるような財務上の大損を避けるのだ。

「木を腐らせないようにするには、いかに水から遠ざけるかが肝心や」

「…………」

「材木商のあんさんには釈迦《しゃか》に説法やがな、水気の少ない乾燥した木を使うこと、水漏れに注意すること、万が一濡《ぬ》れたら、すぐに乾かすこと……そうしないと、立派に見える家でもすぐに倒れてしまう」

「へえ、そうでおますなあ」

「だから、雨漏りは注意が必要やが、『雨は下から降ると思え』ちゅう言葉もあるくらいやさかいな、結露はなかなかなくせへん。もしかして、住友『泉屋』さんは、そういうことに陥《おちい》っているのかもしれへんな」

千寿はかねがね、そう思っていたという。

「雨は下から……て、住友はんの内側に何か厄介《やっかい》ごとでもあるんじゃ」

「あったとしても、それくらい自分たちで乾かしよるやろ」

「…………」

「それよりも鉄次郎さん、あんさんも気になったように、住友さんは、何か企《たくら》んでいるのかもしれまへんな、今、大坂で有り余ってる材木の山で」

茶を点《た》てた千寿は、いつものように鉄次郎に勧めてから、

「そや……おもろいことを、この前、耳にしたんや」

「面白いこと？　またぞろ、物乞いでもしはったんですか」

にこりと千寿は笑って頷いた。

「この前、法善寺《ほうぜんじ》や竹林寺《ちくりんじ》で偉い坊さんの法要があって、出店が並んで、道頓堀あたりからも人出が仰山出てたから、〝茣蓙《ござ》敷いて〟たのや」

「やっぱり……」

茣蓙を敷いていたのは、難波新地と言われるあたりで、その南側は千日前《せんにちまえ》と呼ばれている所だ。近くには、刑場、火葬場、墓地などがあって、鬱蒼《うっそう》とした所だった。

大坂に来たとき、同心の草薙と岡っ引から逃げ廻っていた研市と一緒に隠れていた辛気《しんき》臭い所だが、鉄次郎には妙に落ち着ける空気が漂っていた。自分でもおかしいのかなあと思えるほど気に入っていたのだが、用もないし、商売が忙しくて、あれ以来、訪ねて来たことはない。

「何か、ええネタを仕入れたンですな」

鉄次郎が身を乗り出すと、千寿も自分で点てた茶を飲んで、

「あんさんも、目ざとい商人になってきたな……」

と笑った。そして、こう続けた。

「実はな、あの墓地一帯のうち、法善寺や竹林寺に近い所は、幕府のものなんや」

「へえ、幕府の……」

「その辺りを生かして、道頓堀に芝居見物や物見遊山《ものみゆさん》に来る人々を、法善寺や竹林寺の方にも足を向けさせることができんかと、考えている人がおるのや」

「道頓堀の客を……ですか」

鉄次郎はそれは無理やろうと答えた。たしかに目と鼻の先だが、あまりにも雰囲気が違いすぎるからだ。

「そうは言うてもな、道頓堀かて初めは、ただの堀川だけだったんやで」

「ええ、まあ……」

「知ってのとおり、安井道頓《やすいどうとん》が秀吉公から下賜《かし》された土地を、どないに使おうかと考えて、堀の開削をしたのや。その堀川の両岸に、船場から芝居小屋や遊所を移してきたのが、繁栄の大本や」

「まあ、そうですが……」

寛文《かんぶん》年間から、道頓堀には、中座《なかざ》、角座《かどざ》、竹本座《たけもとざ》、浪花座《なにわざ》、弁天座《べんてんざ》、朝日座《あさひざ》などが建ち並んで、歌舞伎《かぶき》や人形浄瑠璃《じょうるり》が演じられ続けてきた。もちろん、潰れたり再興したり、色々とあったが、大坂中の人が集まる享楽地であることに変わりはない。

その客の流れ道を、もっと作ろうという人がいるというのだ。これまた、堺の長者らしいが、『三松屋《みまつや》』という呉服商の主人・吟右衛門《ぎんえもん》が、幕府の土地を借りて、大きな〝飲食街〟を作ろうと画策しているというのだ。

「というのはな……道頓堀には人が溢《あふ》れて、食い物屋に並ばんと入れん。もっと大勢の人が入れるような、店を造りたい。そういう店が並んでいる町にしたい、というのが吟右衛門さんの思いや」

「そらまた、大仰《おおぎょう》な話ですなあ」

「けど、わても地べたで見てたら、たしかにその手はありやと思う。逆に、なんで今まで、そのことに気づかなんだかと思うくらいや」

「客が来ますやろか、あんな辛気《しんき》臭い所に……それに、道頓堀からやったら、この新地かてすぐやし、遊郭も食べ物屋も仰山あるやないですか」

「女郎屋があるところに、親子連れが来れるか？　それに、新町女郎を相手にするのは、大店の旦那衆や番頭らや。公許でない所で、安く遊びたい奴らも大勢おるやろ……つまり、道頓堀の受け皿を作るということや」

「——なるほど……」

鉄次郎は千寿の話には納得したが、新しい町を造ることがどれだけ大変なことかは、実感として分からない。

道頓堀の界隈は、今も歌舞伎や浄瑠璃の小屋に加えて、見せ物小屋やからくり小屋が十数軒あり、辻には説教節をやる芸人たちもずらりといる。堀川の南北には花街として、九郎右衛門《くろうえもんちょう》町と宗右衛門町が賑わいを見せている。

「大坂に、これ以上の発展が望めましょうか」

訝《いぶか》る鉄次郎に、千寿はコンと柄杓《ひしゃく》を茶釜にかけて、

「それだけ、人の胃袋も沢山、あるちゅうことやないか」

とはっきりと言った。

江戸時代を通じて、大坂は〝着倒れ〟と言われていた。『京の着倒れ、大阪の食い倒れ、神戸の履《は》き倒れ』という文句は、明治になってからのことで、大坂は着るものにうるさかった。派手好きでもあったのだ。

呉服問屋『三松屋』の主人は、堺の人間だから、〝始末人〟であり、決して人前では派手な格好はしなかった。裏地に金はかけても、表向きは地味を演じていた。

そういう点では、千寿も同じかもしれぬ。物乞いのふりをしてまで、金儲けになるネタを探して、その上、分を超えた贅沢《ぜいたく》は一切やらないからである。茶のわびさびなども、心の贅沢であって、決して物欲とは異質なものである。

そんな呉服問屋の主人だからこそ、大坂人の気質を見抜いており、盛り場で食欲も満たしたいという本質も分かっていたのだ。しかし、決して、江戸っ子のような贅沢を求めてはいない。あくまでも、安くて美味い、ものである。

「吟右衛門さんが目ざしている、〝食い倒れ〟の町にしてやろうという試みや」

「食い倒れ……なんか、胸苦しくなってきますわ」

「それと、もうひとつ吟右衛門さんの目のつけ所がいいのは、公儀の土地を借りるというところや。あんな使いようのない土地を、借りてくれる奴がおるなら、なんぼでも貸したるてなもんや」

「なるほど。安い土地の上に、収益の上がる店を沢山、出すということですか」

「そうやがな。そろそろ気づかんか？」

意味ありげな笑みを浮かべて、千寿は茶を啜《すす》った。

「人間、どんな甘い物好きでも、ずっとそればかり食えへん。たまには、苦い茶も飲みとうなるものや」

「――それが、道頓堀から、千日前へと……ああ、そういうことか！」

ポンと膝を叩いて、鉄次郎の顔がかすかに輝いた。

「『三松屋』吟右衛門がやろうとしている食い道楽の町を造るちゅうことは、うちらの材木をどんどん使えるちゅうことか」

「そのとおりや」

「もしかして、清吉も、そのことを知ってて、うちら材木商から、余ってる物を恩着せがましいふりして、買い取ろうちゅう魂胆やったのかな」

「住友さんと幕府は二人三脚みたいなものやよってな、吟右衛門さんの借地の申し出の一件、耳に入っていたのかもしれんで」

鉄次郎はさらに手を叩いて、腰を浮かさんばかりに、

「その話、乗らせて下さい。これなら、『堺屋』さんも救うことができるし、立売堀の材木問屋のみんなも納得するやろう。そして、無聊《ぶりよう》を決め込んでいる大工や人足かて、大きな稼ぎになるに違いない」

と声も軽くなった。

「千寿さん。その『三松屋』さんに、一度、会わせてくれまへんか」

「元より、そのつもりで、あんさんを呼んだのや。善は急げや。二、三日中に、どこ

ぞで、一席、設けようやないか」

心強い千寿の言葉に、鉄次郎はまるで釈迦如来《にょらい》にでも拝むように手を合わせた。

「堪忍《かんにん》してくれ。わてはまだ仏やないで。殺しなや」

千寿はまた小気味よく、茶筅《ちゃせん》を廻し始めた。

五

梶木にある清吉の借家は、商家をやめた〃しもた屋〃造りの旧家らしい所だった。表通りにあるせいで、外の喧噪が締め切った障子《しょうじ》窓からも飛び込んでくる。

奥の一室には箱火鉢があって、それへ凭《もた》れるようにして、おみなは下女が水に溶いてくれた薬を飲み干した。

「すんまへんな……あんたにもずっと苦労かけっぱなしやなあ、小梅《こうめ》ちゃん」

おみなが声をかけると、小梅と呼ばれた下女は、とんでもないと首を振って、一日も早く良くなって下さいと慰《なぐさ》めた。

まだ十五にもならぬ小梅は、ほっぺたが赤くて、屋敷の者たちは赤ちゃんと言っていた。清吉の世話役は、手代や丁稚《でっち》がふたりずつついており、そのうちひとりが、医者に連れて行くなど、おみなの面倒も見ていたのである。

「奥様。どなたか、お目にかかりたいという方が来ておりますが」

廊下から、もうひとりの年配の下働きの女、お君《きみ》が顔を出した。

「私にですか？」

「はい。『丹波屋』の主人で、鉄次郎さんと名乗っております」

「『丹波屋』……鉄次郎……」

みるみるうちに、おみなの顔が紅潮した。思わず着物の襟《えり》を整えて、少し腰を浮かそうとしたが、化粧っけもないことに気づいて、おみなは座り直すと、

「――申し訳ないけれど、今は会うことができないと伝えて下さい。あ、いえ……ここは自宅やから、用事があるならば、住友本家のうちの人に言伝《ことづて》するように、そう言って……いいえ、何も訳は言わんでええから、帰って貰《もろ》うて下さい」

あれこれと迷い事のように洩らすおみなに、お君は逆に戸惑って、

「大丈夫ですか、奥様……それでは、具合がよくないということで、お引き取り願いますが、それでよろしいでしょうか」

「ええ……そうして……」

「はい。では……」

お君が礼をして立ち去るのを、おみなは呼び止めようとしたが、言葉を飲み込んだ。しばらくすると、またお君が戻ってきて、

「一目だけでいいから、会って話したいことがあると……しつこくて、敵《かな》いませんわ。どないいたしまひょ」

と聞き返した。

おみなも少し考えていたが、決意をしたように、

「客間にお通ししておいて下さい。身繕《みづくろ》いをして、参りますよって」

「ええんですか？」

「——はい。少しお待ち下さいと……」

目を閉じて深い息をすると、おみなはゆっくりと立ち上がって、自分の部屋に戻った。それから化粧台の鏡に向かって、頬紅を施し、簡単に紅を注《さ》すと、小梅に髪を梳《す》かせて、もう一度、帯や襟を整えた。

客間からは、京の町家にあるような坪庭が見えるだけで、殺風景な座敷だった。船場の町中であるから、雑多な物音や人の声も聞こえてくる。夫は奉公に出ているから、昼間はほとんどひとりで過ごしており、客人と会うこともめったになかった。嫁に来てからというもの、公の場に連れ出されることはたまにあったが、大坂では

人に会うこともめったになかった。それでも、新居浜《にいはまうら》にいた頃は、あちこち出歩きもしたが、大坂は人が多すぎて、ひとりで町に行くのも恐かった。

廊下を渡って、客間に向かいながら、

——ほんまに会ってええのやろか。

という思いに囚《とら》われた。

三善の家に嫁に来てから、間もなく二年近くになるが、別子銅山を後にしたのは、随分と遠い昔のような気がする。しかし、幼い頃から、毎日のように見ていた鉄次郎の真っ黒な顔だけは、くっきりと目に焼きついている。

新居浜浦の家からは、四国山脈が屏風《びょうぶ》のように見えていたので、なんとなく安心していたが、大坂に来てからというもの、日にちが経つごとに、別子の山が靄《もや》に隠れてしまうような気がしてならなかった。

だが、たった今、鉄次郎の名を聞いて、霧が晴れたように、四国の青い山が浮かんだ。まるで、大坂からでも見えるようだった。

客間に入ると、縁側に立っている鉄次郎の背中が見えた。濃紺の羽織姿は、まさに商人らしいいでたちだったが、大きな背中を見て、おみなはすぐに、

——ああ、この人や。

と分かった。

気配にゆっくりと振り返った鉄次郎の顔は、銅山にいた頃のような赤茶けた肌ではなくて、少し白くなったように見えたが、キラキラと陽光を跳ね返すような黒い瞳は、子供の頃のままだった。

「おみな……」

にこりと笑いかけたのは、鉄次郎の方が先だった。

だが、その笑顔を見た途端、おみなはなぜか胸の奥から込み上げてくるものがあって、図らずも、ううっと涙ぐんでしまった。そして、どうしようもなく感情を抑えきれなくなって、止めどもなく涙が流れ出た。せっかく施した頰紅が崩れてしまうほどだった。

その涙顔を見て、鉄次郎は、

――もしかしたら、不幸な結婚だったのではないか。

という思いが過《よぎ》った。だが、すぐに否定をすると笑顔のままで、

「何を泣いてるのや。アホやなあ」

「――も、申し訳ありません。お懐かしゅうて、つい……」

「他人行儀に、なんやねんな。ほら、笑《わろ》うて笑うて。おまえの好きな草餅買《こ》うてきた

で」

鉄次郎は真っ赤な紐《ひも》で縛った紙包みを手渡そうとすると、おみなは取り損ねて床に落としてしまった。

「あっ……」

思わず拾い上げようとしたが、そのおみなの手は虚空《こくう》をまさぐり、落とし場所を探すような仕草をしてから、紙包みを拾い上げた。その様子は涙に目が滲《にじ》んだせいではなく、病のせいではないかと、鉄次郎は勘繰《かんぐ》った。

「――おみな……大丈夫か……」

「ええ。すんません」

「謝ることはない。気をつけなあかんで」

「はい……」

頷いたまま、しばらく佇《たたず》んでいた。鉄次郎の方もどうしてよいか分からず、阿呆のように立ち尽くしていたが、

「病がちやと、清吉さんから聞いてたが、有馬の方にも見舞いに行けんで済まん」

「とんでもありません」

継ぐ言葉を探すように、おみなは見つめながら、

「で……私に用事というのは……」

「そんなもん、あるかい。ただ、顔を見とうなっただけや」

「え……」

「清吉さんには、人妻に会いに来るなと釘を刺されておったがな、どうしても会いとうなったのや。こんな近くにおるのに、顔を見ることもできんて、そんな理不尽なことはないやろ」

「で、でも……」

困った顔になるおみなに、鉄次郎は済まんと頭を下げて、

「たしかに軽率やったかもしれん。おまえが白無垢《しろむく》で銅山から出て行くときですら、儂は見送ることもできなんだのに、こんな所に会いにくるとはな」

「…………」

「けど、儂の姿も見て欲しかったのや」

鉄次郎は羽織を奴《やっこ》のように両手で広げて、おどけてみせた。

「人生ちゅうのんは、不思議なもんやなあ……儂は一生、坑道の中で銅鉱を掘って生きていくと思うてたのやが、今は銅とは縁もゆかりもない材木商や。しかも、何の因果か、主人にまでされてしもうた」

「お噂はかねがね聞いております」

「どうせ悪い噂やろ」

「そんなことありません。本当に……」

改めて、おみなは鉄次郎をしみじみと見つめながら、

「うちの人は住友本家に奉公しているから、よくお客様を連れて参ります。ここは船場ですしね、商売に関わることは、色々と耳にします。だから、鉄次郎さんのことも、しぜんに入ってくるんです」

「さよか……儂は運がよかっただけや……」

「それも、鉄次郎さんの引きの強さやと思います」

鉄次郎とおみなは、言葉を交わしていたが、それは上っ面の当たり障《さわ》りのない話であって、本当はもっと別のことを言いたいということを、お互いに分かっていた。

だが、決して口に出すことはなかった。

「――実はな……」

小さな声を、鉄次郎が発した。

「なん……?」

「おまえの旦那……始末せなあかんかもしれへん」

「え……？」

「聞いた話やけどな、商売の裏事情に通じてる奴に……どうも、また、こすっからしいことをしてるようなのや」

「こすいことを……うちの人が……？」

「あ、いや……」

棹銅を抜いていた一件については、鉄次郎は喋《しゃべ》らなかった。ただ、奉公先の高い身分を利用して、人に誤解されかねないことをしている――ということだけは話した。

「うちの人が、一体、何を……何をしたというんです……」

「…………」

「ねえ、鉄次郎さん」

曖昧な返事のまま、鉄次郎は謝った。

「済まん。おまえに余計な心配をさせに来たようなものやな。儂もどうかしてるわい。けど、このままじゃ、清吉はそれこそ、お縄になるかもしれへん。たとえ、奉公先のためやというても、やってええことと悪いことがあるのや」

「……分かりません。鉄次郎さんが何を言っているのか、私には……」

「うちは材木問屋や。それを、清吉さんは堺にある、うちの材木を住友名義で、全部、買い漁《あさ》りよった。儂から委託されたちゅうて」

「ま、まさか……」

「こっちも驚いた。けど、本店を訪ねてみたら、今は阿波まで仕入れに行ったらしい。うちと取引のある山持ちの所にな。これまた、うちに委託されて、住友さんがぜんぶ買うことにしたということでな」

鉄次郎の話に、おみなは俄に不安が込み上げてきて、

「もしかして……また、うちの人が、鉄次郎さんに横槍でも入れてるのですか……」

「儂はかまへん。でもな、奉公先の名を使ったり、『丹波屋』の店を騙《かた》ったりしたら、これはまずい。後で、大事になったら、おまえにも累《るい》が及ぶやろう」

「…………」

「事が表沙汰になる前に、なんとかしてやりたいのや。腹を割って話したい。そやから、清吉が戻ってきたら、儂のところへすぐに来るように、伝えてくれ」

「でも……」

「あいつのことや。余計なことをするなと怒るかもしれん。けど、あかんことはあかん……おまえのためでもあるのや、おみな……」

思わず、おみなの手を握りしめた鉄次郎は、真剣なまなざしで、

「折角の再会が、こんな話で済まん……よろしゅう頼んだで」

切実に訴える鉄次郎の思いは、少なからずおみなに伝わった。だが、どう答えてよいか、分からなかった。

廊下の片隅からは——お君が訝《いぶか》しげな目で、ぎゅっと手を握り合うふたりの姿をじっと見つめていた。

六

堺にある『三松屋』まで足を運んできた鉄次郎は、意気揚々《ようよう》としていた。これから、新しく始まることに、わくわくしていたのだ。

同行した『堺屋』の主人・文左衛門も、起死回生の一策を打ちたい一心で、様々なことを考えているようだった。たとえば、新しく出来た町の〃名主〃となって、各店から上がる収益を束ねるというような、一歩先のことまで策略を練っていた。

この地、泉州堺は古来より湊町として栄え、戦国時代には政商によって営まれる自治都市だった。かの信長《のぶなが》が最も欲しかった町のひとつであるが、江戸時代は〃堺奉

行〃が支配する幕府の直轄地だった。海外貿易は長崎にしか許されてなかったが、国内の湊としては最も有力な所で、運上金も豊かだったから、堺奉行を望む旗本は多かった。

だが、江戸時代においては、堺湊が栄えるのは平坦な道ではなかった。大和川の氾濫や土砂流出のお陰で、湊の役目を果たせなくなったからだ。

しかし、吉川俵右衛門《よしかわひょうえもん》という江戸の廻船問屋たちが堺湊の必要性を説いて、寛政《かんせい》年間から文化年間まで、長年にわたる修築普請を重ねたからこそ、繁栄をしたのだ。お陰で、新しい町が出来て、大いなる賑わいを見せていた。

この『三松屋』もまた、代々、堺にあって、湊の修繕や灯台の設置に尽力してきた。大坂の商人にも名の知れた呉服問屋だが、〃始末人〃とよく言われてはいなかった。表立った意味合いとしては〃始末人〃とは、よく倹約をするというより、吝嗇《りんしょく》家《か》と揶揄《やゆ》する呼称でもあった

千寿が仲立ちとなって、『三松屋』吟右衛門は、鉄次郎と文左衛門に会った。しじゅう眉間《みけん》に皺《しわ》を寄せており、それでいて目をぎょろぎょろと動かしていたから、

——なんや落ち着かんなあ……。

と鉄次郎は感じていた。

　しかも、人と会うのに、商家の主人ともあろう者が、袴《はかま》前垂れという、まるで手代の姿とは、なんとも相手に失礼であろう。だが、文左衛門の方は、この手合いの人間に慣れているのか、相手の動きを見極めながら、

「では、まず、『三松屋』さんの考えとやらを教えて貰いまひょか」

　道頓堀の外れ、千日前の方に新しい町を造る構想を見せろというのだ。まるで端《はな》から喧嘩でも売るような物腰に、鉄次郎は戸惑いを感じていたが、千寿は微笑みすら浮かべて、高みの見物をしているようだった。

「私の考えですか……」

　吟右衛門が少し渋るような表情になると、文左衛門は透かさず、

「こっちはわざわざ大坂から来たんどす。サクッと腹の中見せて貰わんと、前向きの話がでけしまへん。新しい町の絵図面くらいはあるんでしょうな」

「そりゃ、ありまっせ」

　と吟右衛門は眉間に皺を寄せたまま、

「けど、何処の誰兵衛かも分からん人に、大事な絵図面を見せて、持ってかれたら敵わんがな」

「何処の誰か分からん……てや」

「へえ」

「これでも、北浜の『堺屋』というたら、大概の商人は道を空けるくらいや」

「ここは、堺どっさかいな」

「うちの先祖も堺の者や。そやから屋号もそうつけて、堺繋《つな》がりで来たが、なんや初めから、気が合いまへんなあ」

「ほな、やめときますか」

無下《むげ》に突き放したような吟右衛門の言い草に、文左衛門は一瞬、憮然《ぶぜん》となって、腰を浮かそうとしたが、千寿が目配せをして止めた。ここへ来る前に、千寿の広大な堺屋敷にて、打ち合わせをしてきたのだが、

——決して、相手の口車に乗るな。

ということだった。先に動いた方が負けなのである。

堺という町は、摂津《せっつ》、河内《かわち》、和泉《いずみ》という三国の〝境〟に発展したから、その名がある。他国と渡りあうには、富が物をいうことを肌で分かっているのだ。それゆえ、左海《さかい》と記されたこともあるくらい、海運と縁が深い町でもあり、物流に重きを置いており、何より古来より自治都市である気概があった。

その気概は、鉄砲や刃物や傘、三味線、線香など物作りが一番という自負からもき

ている。呉服問屋であっても、その一点に留まらず、他の物作りをするのが、〝堺流〟である。今なら、多角経営というところか。そして、大国の〝境〟にあった町だから、生き抜く術を培っており、そのひとつが交渉術となって生きていた。

吟右衛門は、『堺屋』という金貸しが、欲を掻いて材木をバカみたいに仕入れて、それが浮いている状態を百も承知である。だから、文左衛門の足元を見て、自分に有利になるような値で、取引しようと考えていたのである。

むろん、文左衛門の方も、〝始末人〟が多い堺商人が、そう出てくることは百も承知である。儲けることに関しては、お互いが、〝へんにし〟をしている関係もあるから、なかなか話が進まない。〝へんにし〟とは、嫉妬を意味する大坂弁である。

千寿はまだ何も言わず、ふたりをじっと見ていた。

大坂商人は誰でも招き入れて、腹を割って商いをするものだが、堺はそれとは少し違っていた。商いに個人的な感情は入れぬ。〝勘定〟と〝感情〟は別というところか。

もちろん、船場商人も本音と建前の間で、商いをしている。だが、そこは、お互い腹の中を分かり合い、相手の気持ちや懐具合をあんじょう見計らうことによって、気分良く商いをするのである。

だからこそ、商売の基本は、正直にあるのだ。それが、吟右衛門にはない。文左衛門はそう感じていたからこそ苛立《いらだ》ちを隠せなかった。

「ほな、正直に言わせて貰いまっさ」

しばらく、沈黙をして、重苦しい空気が漂っていたが、文左衛門の方から口を切った。わずかに前のめりになって、予め用意してきた材木の値を記した紙を差し出した。

「これは、材木だけの値でおまへん。〝食い倒れ〟の町というたさかい、すべてが飯屋、居酒屋など、借り受けた土地の広さから見て、二階家が百五十軒として算盤《そろばん》を弾くと、ざっと銀八千貫目、およそ十六万両になりますな」

「それは、それこそ足下を見過ぎやろ。ぜんぶ、私に請け負えと？」

「まあ、聞きなはれ」

文左衛門は相手をじっと見据えて、

「船場あたりやったら、倒れかけたおんぼろので、間口五間の家を買うのに、めちゃくちゃ安うしても、銀七、八貫目はかかりますのやで。しかし、これを新しく建てるとなれば、この十倍から二十倍はかかる」

「それにしても、まだ一万両から二万両足らずや。十六万両は納得でけへんな」

「気が短いでんな。先を聞きなはれや。これには、まず大工の手間賃などが入ってま。一番安くしたとして、間口二間半、梁行五間で外に二尺の縁。柱は松四寸角。瓦《かわら》屋根の店の建坪十二坪と裏店十五坪を造るのに、材木代、大工や左官、屋根葺《ふ》き、建具やらなんやら入れても、たったの銀一貫の計算や。大雑把《おおざっぱ》に言えば、大工の手間賃は坪単価にして、百匁から百五十匁……それを込み込みで、百五十軒、ぜんぶ同じにしたら、わずか三千両足らずや」

「ますます十六万から遠のくやないか」

「言いましたやろ。これは、最低の最低や。貧乏長屋やあるまいし、間口二間や三間の店に、客が寄りつきますかいな。それに、商売用の厨《くりや》やら、食台やら座敷やら、縁台、当初の商売用の材料の手配りやら、人寄せの費用などをぜんぶ任せて貰う。その上、売り上げから、おたくは一割程の〝名主料〟を貰い、そこから、幕府に支払う。ただ同然の地代なんやから、あんたの懐はガッポガッポや。十六万両なんぞ、十年で回収できるのやおまへんか。その上、千日前はもっともっと広がるに違いない。百軒が五百軒、五百軒が千軒になるのは明らかや。なにしろ、道頓堀も新町も、肝心の土地があらしまへん」

一気呵成《いっきかせい》に流れるように話した文左衛門を、鉄次郎は妙に感心して見ていた。つまりは、〝食い倒れ〟の町を造ることのすべてを、請け負うと言っているのだ。その投資を、〝地主〟の『三松屋』に払えと言っているのである。

「――分かった。『堺屋』さんの腹づもりはよう分かった。けど、それだけのもの、私ひとりでは到底、無理でっせ」

「承知してま。大坂の長者にも相応に分担して貰うか、〝町名主〟のおたくが借り入れるかを考えて下され」

「…………」

少し迷ったような吟右衛門に、文左衛門は畳みかけた。

「ええですか、『三松屋』さん……ここが思案のしどころちゅうのは分かりますがね、大坂は一年で、祭礼に関わるものが銀二千五百貫目、物見遊山が銀千貫目、道頓堀の芝居見物は見せ物小屋と合わせて、年になんと二万貫目も銭が使われてますのやで」

「分かってま……」

「他にも、諸藩の大名の蔵屋敷は、毎年六月には、祭礼をやりまっしゃろ?」

蔵屋敷を開放して、〝御屋敷稲荷《おやしきいなり》社御祭〟などを開いて、町人たちを招き入れて、諸国の神社仏閣を巡ったことにする祭りである。たとえば、讃岐松平《さぬきまつだいら》家の蔵屋敷には金毘羅《こんぴら》が祀られていて、大坂に居ながらにして参拝できるわけだから、商人に限らず大勢の人々が参拝に訪れる。

毎日、夜通しで、花火を上げたりの大賑わい。その祭礼には、芝居や俄狂言《にわかきようげん》に、山車《だし》までが出たりするのだから、それに付随した飲食に使われる金は半端ではない。

さらには、大坂は十日戎《とおかえびす》や天神祭など三百を超える縁日や祭礼があって、それぞれがたったの二、三日で、銀数百貫目から千貫目ほどの〝収穫〟があって、今で言う経済効果は莫大なものだった。そうした歳事から生み出される金を新しい〝食い倒れ〟の町にも流入させるのは、やり方さえ間違えなければ、必ず成功するのだと、文左衛門は力説した。

「大坂三郷と呼ばれる、天満組・北組・南組だけが大坂とちゃいます。胃袋がどこにあるか、見極めたら、ごっつう儲かりまっせ」

「なるほど……御利益に乗じた商いなら、損することはない……ちゅうことでんな」

吟右衛門はしだいに、〝その気〟になってきた。そこで、戸棚から、丸めていた大きな絵図面を床に広げて、鉄次郎と千寿、文左衛門に見せた。

そこには——道頓堀の南側の寂しい空き地に、何百軒も飲食店や遊技場を連ねた絵図が描かれており、人の流れや、新たに掘削した堀川による物流を示し、三大市場とは違う、庶民のための市場、公許ではない色町、歌舞伎ではない芝居小屋や寄席《よせ》などを想定した、町の〝設計図〟があった。

鉄次郎が面白いと思ったのは、火の見櫓《やぐら》のような塔を建てて、それを中心とした遊び場を造ろうとしていることだった。今で言えばテーマパークであろうか。そこには、蔵屋敷を開放した祭りと同じように、お伊勢《いせ》さんや金毘羅、あるいは富士参拝のような、〃御利益施設〃も造る予定にしていた。

「こりゃ、ええでんなあ……」

身を乗り出して絵図面を見ていた鉄次郎は、

「楽しそうや……こんな所ができたら、毎日、働きづめの手代や丁稚らも、憂《う》さ晴らしにようおますなあ」

と感心して頷いた。

「これを、絵に描いた餅にしないためには、『三松屋』さん、あんたが〃町名主〃として、決断せなあきまへんなア」

千寿はしてやったりという顔で、にこにこと笑っていた。

七

道頓堀の南側から、千日前へ広がる界隈に町を造るという〃事業〃は、お上のお墨付きもあって、一挙に始まったが、必ずしも順風満帆《じゅんぷうまんぱん》ではなかった。

材木問屋としては、結局、買い叩かれた状態で、在庫処分に他ならなかったからである。もっとも、当初、百五十軒だった予定が、倍の三百軒に増えたから、新たな材木の需要と大工や左官、人足たちの仕事も大幅に変わったのである。

鉄次郎は率先して、千日前の飲食店に入る商人を探し求めたが、意外なことに飛びついたのは、宗右衛門町や九郎右衛門町で商いをしている商人たちだった。軒を連ねて店をやっていて手狭になった者たちが、元々、近場でできる別の店を探していたのだ。

店の入居者を集めるために、初めは店賃を安く設定したのも功を奏した。それよりも一番は、刑場や無縁仏の墓地が近くにある所に、飲食街を造ろうという発想を、

――おもろい。

と感じた人々が多かったのだ。

不思議に思った鉄次郎だが、誰もが屈託なく、

「そんなん、当たり前やがな。大坂かて元を辿《たど》れば葦《あし》が原みたいなもんだっせ。大昔はこの道頓堀かて、ただの辺鄙《へんぴ》なとこや。狭苦しゅうなったんやから、新しい町ができたら、ええやないか」

と言い放つのだ。伝統だの歴史だのというのを否定するわけではないが、その上にどんどん継ぎ足していくという発想があったのであろう。さすがは、町人の町である。太閤様であろうが、徳川様であろうが、そういう武将が造ったのではなくて、町人が営々と築き上げてきたという思いがあるのだ。

しかし、年を越し、冬場から春に向かって、〝突貫工事〟をしている間に、お上からの風向きが悪くなった。

これまで、貸すと言っていた土地を、売ると言い出したのだ。

「買わないのであれば、今、建てかけている家屋敷や店舗は、潰すしかない」

と大坂城代が、〝むちゃぶり〟をしてきたのである。

このことには、さすがの鉄次郎も頭を痛めた。しかも、どうしてこのような事態になったのか、城代の土屋采女正からまともな説明はなかった。

店ができても営業ができないのであれば、借りても仕方がない。あるいは、買っても仕方がないという者たちが増えてきて、潮が引くように、借り手がなくなってしまったのである。

またもや材木の行方が滞《とどこお》り、大工たちの仕事にも〝止《や》め〟がかかった。

立売堀の段五郎も、今度ばかりは許すことができんと、新しい町造りの頭領であ

り、町名主になるはずの『三松屋』に直談判《じかだんぱん》に行った。だが、吟右衛門は、

「ぜんぶ、『丹波屋』と『堺屋』の仕業で、自分ははめられただけや。こっちは、借金を背負うて往生してるのや」

とけんもほろろに追い返された。

たしかに、金主は形の上では『三松屋』となっているが、町造りの実際は、鉄次郎が音頭を取ってやっていた。その後ろ盾には、『堺屋』がなっており、一度は袂《たもと》を分かったふたりが、まるで呉越同舟《ごえつどうしゅう》のように頑張っていたのだ。

しかし、形勢が悪くなると、誰もが自分だけは責任を逃れたいとなるものだ。文左衛門も段五郎に問い詰められて、鉾先《ほこさき》を鉄次郎に向けさせた。

「どうなってるのや、『丹波屋』……性懲りもなく、おまえは立売堀に迷惑をかけるのか。はっきりさらせ」

段五郎は怒りのままに、鉄次郎に食らいついたが、

「言い訳はせえへん」

とハッキリ答えた。鉄次郎は逃げも隠れもしないと言い切った。

「よう考えてくれなはれ、段五郎親分。目先のことで、うろちょろしたら男が廃《すた》りまっせ」

「なんやと、若造……おまえはほんまに腹立つやっちゃな」

「腹を立てるのは勝手ですが、怒ったところで何も始まりまへんがな。あんたも、大勢の人を従えてるのやったら、もう少し肝《きも》を据えたら、どないでっか」

「なにをッ」

カッと手を振り上げた段五郎は、その勢いのまま鉄次郎の顔面を思い切り殴りつけた。ゴツッと鈍い音はしたが、鉄次郎は微動だにしなかった。ほんのかすかに口元から血が滲んだが、まるで岩石のようにじっとしていた。

「おどれ、こなくそ！」

もう一発、段五郎は殴りつけた。鉄次郎はその拳から目を逸《そ》らさぬまま、ガツンと顔面に一撃を受けたが、やはりビクリともしなかった。その頑丈な鉄次郎の顔を見て、段五郎はすっと血の気が引いた。

「何年も地の底で、岩盤に頭や顔をぶつけながら働いていたさかいな、人の拳くらいじゃ何も感じんのですわ」

「…………」

「玄翁《げんのう》でも持ってきて、どたま叩き割ってみますか」

眉ひとつ動かさず、静かに言う鉄次郎の態度に、段五郎は一歩、後ずさった。その

段五郎をじっと見据えて、

「儂は、あんたらにも損をさせんように頑張ったつもりや。迷惑をかけた立売堀の材木市の方たちにも、詫《わ》びを入れたつもりや。その気持ちは今も変わらん。そやから、ガタガタ動かずに、じっとしといて下されや。儂が必ず、城代さんと話をつけるさかい」

「城代と……」

「へえ」

「そんなことが……」

「やってみんと分かりまへん。そやけど、相手の言い分は、公儀の土地を借りるンやのうて、買えと言うてるのや。だったら、買《こ》うてやったら、ええやないか」

鉄次郎は当たり前のように言った。

「簡単に言うけどな、そんな何千坪もある土地を……」

「買うたるわい！　儂が買うたる！」

いつになく強気に答えた鉄次郎の声に、段五郎は、とても信じられぬと首を振った。その逃げ腰の表情を見て、

「あんたは男を売って生きてきたんやろ」

「……………」

「こんなことぐらいで、女々しいで……今、止まってる屋敷や店の続き、きちんと造ってくれ。あんたひとりじゃ無理やろから、『恵比寿屋』の角兵衛さんにも頼んだ」

「角兵衛にも……」

「ああ。その代わり、必ずあんたも儲かるようにしたる。四の五の言わずに、きっちり金も払《はろ》うたるさかい、仕事を続けてくれ」

「……………」

「〝食い倒れ〟の町や。食う前に倒れてたまるかい!」

決然と断言した鉄次郎の勇ましい表情を見て、段五郎は何か感じたのか、それとも殴った自分の拳が異様に痛かったからか、

「ほんだら、一度だけ、信じたるわい。あんじょう、城代様と始末つけや」

と強がってみせた。段五郎が鉄次郎に初めて、折れた瞬間だった。

数日後――。

長者や分限者の計らいで、鉄次郎は曾根崎《そねざき》新地の料亭に、土屋采女正に出向いて貰った。再三、城へ出向いたが、町人は入れぬと拒絶されたがためだった。

みな知らぬ仲ではない。花火を仕掛けた鉄次郎のことを、土屋は昨日のことのよう

に覚えている。

「この地は、お殿様……元禄《げんろく》の昔、堂島新地の遊女はつと、醬油《しょうゆ》問屋の手代の徳兵衛《とくべえ》が報われぬ恋ゆえに心中した所です。まあ、お殿様は見たことはないでしょうが、『曾根崎心中』という人形浄瑠璃が大当たりして、竹本座は潰れずに済み、道頓堀も活気を取り戻したんですわ」

この世の名残、世も名残、死にに行く身にたとうれば、あだしが原の道の霜《しも》、一足ずつに消えてゆく、夢の夢こそあわれなれ……という浄瑠璃のさわりを、鉄次郎は語ってみせた。

「もっとも、儂もそんな話は、大坂に来てから初めて知ったんですけどな。いっぺん見ても何のこっちゃと思いました。二度、三度、見るうちに、たまりまへんな。あんな訳の分からんのには金は出さんて、お殿様、それは殺生でございまっせ」

「――何の話だ……」

鉄次郎は膝を進めて、上座の土屋をじっと見つめた。

「庶民の楽しみは奪わんといて下さいと言うてるのです」

「余が何をしたというのだ」

「新しい千日前の町造りの邪魔は困ります。大坂の人は大いに楽しみにしてはるんです。その楽しみを踏みにじるようなことはせんといて下さい」

「その話なら、公儀は土地を……」

「買います」

相手の言葉を遮《さえぎ》ってまで、明瞭に言った鉄次郎のせりふを聞いて、訝しげに土屋は睨み返した。そして、不思議そうな顔で、

「おまえが買う、というのか」

「へえ。ただし、あの辺りは、どう考えても二束三文の土地。ご公儀とて、何の収益にもならん所です」

「だから……？」

「捨て置くよりもマシというほどの値で、買いとう存じます」

「なるほど……気持ちは分かるが、それは無理というものだ。いくら『丹波屋』でも、あの五千坪余りの土地を一度に買うのは無理であろう。そもそも、貯木場すら売らなければならなかった『丹波屋』ではないか」

「買います」

「またぞろ、〝大黒講〟の長者たちや『堺屋』から借財するつもりか」

「堺の『三松屋』から受け取った金があります。それで買えるはずです」

鉄次郎が判断を迫るように言うと、土屋は芝居がかって苦笑し、

「それがな……もう買い手がついておるのだ」

「買い手が？」

「ああ。そいつから、改めて買い取るがよい。丁度、呼んである」

パンパンと土屋が手を叩くと、襖が開いて、隣室から姿を現したのは、なんと三善清吉だった。結城《ゆうき》の羽織の下には、唐桟《とうざん》の着物に博多《はかた》の帯という余所行《よそゆ》きの姿である。

「――これは……」

目をくるりと廻して清吉を見た。だが、声をかけようとした鉄次郎を無視して、清吉は深々と土屋に頭を下げた。

「住友『泉屋』の三善清吉だ」

土屋が紹介をすると、鉄次郎は訳が分からぬという顔でじっと見ていた。清吉の方はまったく鉄次郎を見ないまま、

「お殿様には、ご機嫌麗《うるわ》しゅうございます」

「うむ……実はな、『丹波屋』……例の千日前の方の土地な、あれはもう、『泉屋』が買っておるのだ。なんでも、銅吹所を増やすらしくてな、申し出があったのや」

「棹銅作りは、まだまだ幕府にとっても、大事な交易のために入り用でな」

「銅吹所……」

「……………」

嘘だと鉄次郎は思った。何か訳があって、邪魔をしに入ったのではないかと、鉄次郎は勘繰った。そう考えると、ずっと心の奥に仕舞っておいた怒りが、ふつふつと煮えたぎってくるのを感じていた。

「おや……これは、鉄次郎はんやおまへんか……」

わざとらしく清吉は驚いて、鉄次郎の方を見やった。

「なに、おまえたちは知り合いなのか」

「知り合いもなにも……へえ……おまえが『丹波屋』の主人とはなあ……」

知っておりながら、土屋の前ではわざと知らなかった芝居をしている。清吉の狙いは何なのか——そう苛立ちながら、鉄次郎は黙って睨み返していた。

どこか遠くで、舞い戻ってきた葦切《よしきり》か何かであろう、渡り鳥がキイキイと激しく鳴く声が聞こえた。

第四章　くろがねの城

一

曾根崎新地からさほど遠くない天満橋界隈《かいわい》は、京伏見《ふしみ》と大坂を結ぶ三十石船が出入りしており、八軒家《はちけんや》と呼ばれる賑《にぎ》やかな所だが、大坂で指折りのこの料亭の中にいると、安治川か中津川《なかつがわ》の外にある村にでも来ているかのように静かだった。

コツン——と、中庭の鹿威《ししおど》しの音だけが、妙に甲高く聞こえる。

「さようか。清吉、おまえは、この『丹波屋』を知っておったのか。いや、それはまこと奇遇であるなあ」

土屋采女正が杯《さかずき》を傾けながら言った。

大名の身分ではあるが、大坂城代ともなれば監視をする者がいないので、少々気が緩むのか、家臣を料理屋の周辺や離れなどに待機させてはいる。

だが、武士としての威儀があまりなかった。〝魚島時《うおしまどき》〟の鯛《たい》を食べながら、相好《そうごう》を崩している。産卵のために集まる鯛の群れが海面から盛り上がって島のように見えることから、このように呼ばれる。春から初夏にかけての旬の鯛のことだ。

味はよいが安物なので、殿様が食べる物ではないが、実に美味《うま》そうに食べている。

関東から来た土屋には珍しいものかもしれぬが、長者や分限者も安上がりのもので持てなすとは、何か嫌みたらしい意図があるようにも、鉄次郎は感じていた。

「知っているの段ではありませぬ。私は、別子銅山にいた頃に、色々とお世話になっておりました」

鉱夫であったことを土屋は承知していたが、まさか『泉屋』の名代と一掘子が知りあいとは思ってもいなかったようだ。

土屋はわざとらしく、鉄次郎のことを持ち上げて、

「ぬしゃ、その頃から、本店のお偉方の覚えのあるほど、一方ならぬ人物であったということか。ふむ、なるほど。改めて見ると、なかなかの顔相をしておる」

「褒《ほ》めていただいて、ありがたいことですが、どうして、清吉さんが……」

と言いかけた鉄次郎を遮《さえぎ》るように、清吉は嫌悪に満ちた声で言った。

「おまえに名で呼ばれる筋合いはないわい。鉱山で隠し掘りをしていたと思えば、人の女房とこっそりと会《お》うてるとはな。盗人根性は変わってへんな」

「ん、何のことだ？」

疑問を挟んだのは、土屋の方だった。いつもの長者や分限者たちも、何事かと鉄次郎の顔を見やった。

十畳の間を三間続きにした座敷に、居並ぶ長者の中には、質素ないでたちの喜多野千寿の姿もあった。

清吉は一同を見廻してから、土屋に向かって、

「この男が、なぜ別子銅山から追い出されたかご存知でっか？　まあ知りようもありませんわな。私はその当時、粗銅を大坂に送る口屋……湊の勘定方で働いておりました。へえ、あの広瀬新右衛門様のもとでです」

住友別家の広瀬義右衛門《ぎえもん》の養子になって、銅山経営にあたっている有能な人物であるから、大坂の長者たちも名前くらいは聞いたことがあった。

「私は住友家ともゆかりのある人間ですから、銅山のことも色々と任されておりましたが、そりゃ中には手の付けられないような、気性の荒い男たちもおりましてな……喧嘩や博打《ばくち》は当たり前で、女癖も悪い。そんな連中を束ねるのは大変なものでしたわい」

鉄次郎は黙って聞いていた。清吉がどういう腹づもりで言っているのか分からないが、まずは様子を窺《うかが》うしかないと思ったのである。

調子に乗って、清吉は次々と続けた。

「そんな中で、この鉄次郎ちゅう男は……」

清吉は人差し指でさして、

「よりにもよって、銅山の御用銅にはならないであろう質の悪い銅鉱を抜いて、川之江代官らと組んで売り捌《さば》いておったのですよ」

と言った。

「まあ、出来心ちゅうのは誰にでもあるものやが、銅山の連中から、『仲間を裏切ったア』ちゅうて袋叩きにされそうになったところを、私がなんとか止めたんですわ。下らんことで死人でも出たら、別子銅山の名が傷つくし、鉱夫たちの士気にも関わりますさかいな……ほんま難儀でしたわ」

長者たちは〝海千山千〟の人間を沢山見てきて、修羅場というのも数多《あまた》かいくぐってきているから、清吉の喋《しゃべ》り方や態度、目の動きなどを見て、

――胡散臭《うさんくさ》いな。

と感じ取ったのであろう。

頷《うなず》いて聞きながらも、半ば信じてはいなかった。

しかし、土屋は真顔で耳を傾けている。

「ですから、殿様。こんな奴の言うことなど、一顧だにすることはありません。すでに買《こ》うてる土地の他も、うちが買い取ります。ゆくゆくは無縁墓地の方や荒れ寺、ま

だ湿地の所なども含めると三万坪くらいにはなりますやろ。『泉屋』に任せて下され」

清吉は平伏して申し出た。

「そやけど、なんやな、三善さん……」

年配の長者のひとりが、横合いから口を出した。

「すでに、新しい町造りが始まってるのや。建物だけで言えばもう五分通りできてるし、入居する商売人やら料理人、それから芸人なんかにも話をつけて、着々と事は進んでるて話やで」

他の若い長者も続けた。

「今度のことは、堺の商人らも組んでることやさかいな、『丹波屋』と『堺屋』が力入れてやってる。これまで、不仲やった材木問屋組合の連中や立売堀の段五郎ですら、この『丹波屋』の若旦那のことは、ごっつうええ性根をしてると、陰では褒めてまっせ」

「ああ。あんたが言うような感じの人とはちゃいますな、鉄次郎さんは」

さらに別の分限者が付け足した。

長者や分限者というものは、今は商売から足を洗って、有り余った巨額の富を、自分の目先ひとつで貸し付けて、その利益を増やすのが〝趣味〟といってよい。

元々、両替商という職業はなく、商売をしてだぶついた金を、人に貸すのがふつうだった。大名貸しなどがそれである。

そのうち、小判を小銭に崩したり、金銀の交換をしていた両替人が、相場や先物取引を扱いながら、専《もっぱ》ら金貸しをするようになった。札差や掛屋なども武家相手に金利を取って金を貸す仕事が中心となったが、長者や分限者は貸すのが商売ではない。他人が始める事業という賭《か》け事に、金を張るという感覚であろうか。

ゆえに成功した暁には大きな見返りを求める代わりに、損をしても嘆《なげ》かず、己《おのれ》の目利きがなかったと諦《あきら》めるだけで、誰も責めることはない。つまり、『金は出すが、口は出さない』という理想的な金主だったのである。

ずらりと並ぶ長者は、鉄次郎に恥を搔《か》かそうという魂胆が見え見えの清吉を、じっと見つめていた。それを感じ取ったのか、清吉は大きく息を吸うと、

「旦那様方が鉄次郎のことをどう思おうとそれは勝手ですが、こいつが盗んだのは粗銅だけではありまへん……私の女房をも奪いに来おったのです」

「何を……」

言い出すのだと鉄次郎は腰を浮かしたが、清吉は構わず続けて、

「ほんまのことやないかッ。おまえが、うちに来て女房を口説いてたのを、下女らが

見ていたのや」

と語気を強めて睨《にら》んだ。そして、再び長者たちを見廻して、

「こいつは、そういう奴やねん。なんでも盗みよる。これは生まれながらの賤《いや》しい性根としか言いようがない。皆さんは騙《だま》されてんのや。『丹波屋』を乗っ取ったのかて、巧みに前の主人を唆《そそのか》したのやろう」

清吉があまりに見苦しいくらいに必死なので、一同は黙って聞いていた。

「たしかに、鉄次郎とうちの女房は幼馴染《おさなな じ》みで仲がよかったのやろう。うちの女房も、兄ちゃんと慕《しと》うてたみたいや」

「…………」

「しかし、それをよいことに、亭主の留守中に口説くとは、人間として如何《いかが》なもんかなと思いましてな」

思わず憎々しい口調になった清吉に、年配の長者が言った。

「金儲《もう》けに人柄は関わりありませんで……私らは商売をしているのではありまへん。どれだけ金をかけたら、どんだけ返ってくるかということしか考えてへんのや」

「この鉄次郎の方が儲かると？」

「考えてもみなはれや。あんな道頓堀のように芝居小屋や食べ物屋がずらりと並んで

る所の近くに銅吹所なんか、こさえられたら、こりゃたまらんで」

鰻谷でも精錬による煙や汚水が問題になっていたから、長者はそれを気にしたのだ。

清吉は鉱毒はまったく出さないと言い張ったが、誰も信じることはできなかった。逆に、鰻谷周辺の住人に文句を言われて、移転先を千日前にするのではないかと勘繰《かんぐ》ったくらいだ。

「何にしてもッ……」

清吉は語気を強めて、長者たちに向かって、

「あの辺りの土地は、『泉屋』が買い取ったものやさかい。どうしても、新しい町にするというのなら、改めて買い取って貰うしかありませんなア」

と喧嘩腰になった。

すると、千寿が耐えきれなかったのか、口を出した。それでも、にこにこと穏やかな笑いを浮かべて、

「三善さん。あんたもまだまだ若いから、そうやって感情を剥《む》き出しにしてるのやろが、代理ちゅうたら、他の奉公人の模範にならなあかん身分だ。今日の態度は、あまり感心でけへんな」

「いえ、それは……」

しまったという顔で、清吉は唇を噛《か》んだ。『泉屋』といえども、大坂の主立った長者や分限者にそっぽを向かれたら、商売に支障をきたすからである。その一方で、鴻池と並ぶ住友という豪商の誇りがあって、

――こっちはただの金貸しとは違うぞ。世の中の先頭に立ってるのや。

という自負があった。事実、別子銅山の銅は世界的にも知られており、長崎貿易を通じて幕府を支えてきたのだ。

そんな清吉の心の中を見透かしたように、千寿が続けて、

「確かに『泉屋』は大きな商売をやってる。そんでも、あんたがやったことやない。あんたがやってるのは、先人たちの大きな功績の上に、ふんぞり返ってるようにしか見えんわいなあ」

と芝居がかって言った。

「人何やうの事申し候《そうろう》とも、気短く言葉あらく申しまじく候……短気に言葉を荒らげるなて、住友家の家訓同然の『文殊院旨意書』にありますな。正直、慈悲、清浄を守れと言うた住友家祖の文殊院さんは、同じ書の中で、世間の相場より安くても、素性の分からぬものは絶対に買うな。盗品と心得よと言うておる」

「………」

「あんたが買《こ》うたという千日前の土地は、どんだけの金で手に入った？　あの辺りに比べたら、二十分の一、いや三十分の一くらいの二束三文やありまへんか？」

責めるように言う千寿の声に、清吉は一瞬、言葉に詰まって、救いを求めるような目で土屋を見た。

「これはしたり……」

土屋は不愉快な顔になって、

「ご公儀の土地を、素性の分からぬとは何事であるか。言葉を慎《つつし》め」

と叱《しか》りつけると、

「これは失礼致しました。しかし、城代様。あれが、まことご公儀の土地であるのならば、〝売る〟というのは、おかしなことでございましょう。天領でっさかいな」

「………」

「しかも二束三文で売るとは、いくら城代様でも権限を越えているのではありませぬか。何なら、江戸表にお尋ねしてみまひょか。その三善さんから受け取ったお金は、土地の代金やのうて、賄《まいない》とちゃいまっか」

「何様のつもりだ、貴様は。初めて見る顔だが」

睨みつけた土屋に、千寿は丁寧に頭を下げて、

「はい。ただの物乞いでございます」

「なんだと?」

「ただし、貧乏人からはいただきません。できれば、『泉屋』さんのようなお大家から、いただきたいものですわい」

千寿は微笑《ほほえ》みながら、清吉に言った。

「あんたさんも、盗んだものと知って買うたとしたら、そりゃ泥棒と一緒やで『泉屋』さん……『丹波屋』さんに横槍を入れるのは、やめといた方がええと思いますよ。でないと、あんたの方が火傷《やけど》しまっせ」

清吉はぶるぶると打ち震《ふる》えたが、土屋はなぜか押し黙ってしまった。

百艘の船が出鱈目《でたらめ》だった一件や、長者たちから大判小判を貰っている負い目がある。それに、〝大黒講〟の長者たちを敵に廻したら、大変なことになる。本当に土地を売ることは考えていなかったから、これ以上、余計なことは言えぬと、土屋は判断したのであろう。

千日前界隈の土地は、明治の世になって払い下げになるが、むろん大坂城代ひとりが決められることではない。

「では、城代様。改めて、お尋ねしますが、このまま、あの土地はお借りし続けてもよろしいのでございましょうか」

鉄次郎が尋ねると、土屋は仕方がないと頷いた。どうやら、『泉屋』が買い取ったというのも、新しい町を潰《つぶ》したいという清吉の策略だったようだ。

「――鉄次郎……これで、済んだと思うなよ。商売は甘《あも》うないのや。おまえごときが、簡単にできることやないのや。ここにいる長者さんらが、そっぽを向いたら、それで終いや」

みんなに聞こえるように、清吉は声を荒らげて飛び出して行くと、土屋は何事もなかったかのように、

「いや、実に、美味い。ああ、美味い」

と鯛の刺身を食べていた。

二

千日前の普請は続行されたものの、初めは面白がった町人の中にも、冷めた目で見る者たちが出てきた。

「新しい町は結構やが、辛気《しんき》臭い所で飯を食うても美味《うも》うないわあ」

というのが大概の感想で、どんな町ができても寺や墓地が並び、そして刑場も近い死臭のしそうな町で、ドンチャン騒ぎができるものかというのだ。

だが、鉄次郎は辛気臭い所でも、新しい町になれば姿が変わるから、大丈夫だと思っていた。

人を呼ぶために、四国の山桜を思い浮かべるような、桜並木をずらりと植える。そして、蔵屋敷に倣《なら》って、〝お伊勢さん〟や〝太宰府《だざいふ》天満宮〟の出開帳もしようと考えていた。しかし、物事には順番というものがあって、いくらおもろい考えでも、金魚掬《すく》いのようには簡単にできない。

「金魚掬いは、難しいでっせ」

一番番頭の季兵衛が、建前の家がずらりと並んだ千日前の通りを、町の出来具合を見るために鉄次郎と並んで歩きながら言った。通りといっても、まだ泥道である。整備をするには、まだまだ時と金がかかるだろう。

「譬《たと》え話やがな、季兵衛さん」

「ほんでも、金魚掬いは難しいでっせ。ありゃ、すぐに破けてしまうさかいな。必死でっせ。金魚を掬うポイ……あの紙には、ちゃんと表裏がありましてな、表で掬わな、すぐにオジャンですわ」

「なに、熱う語っとんねん。季兵衛さん、あんた、性格が変わりましたか」

「何を言うてまんのや。あの金魚掬いこそが、人を夢中にさせる遊びの原点だっせ。結局は破れると分かってるポイで、何尾掬い取るか。丁寧にやらなあかんという慎重さと、一杯取ったるという欲との塩梅《あんばい》が難しいのや。これ、商売にも通じまっしゃろ」

金魚掬いは江戸の縁日で流行《はや》ったものだが、本当に目の細かい竹製か金属の網で掬っていた。つまりは、掬い放題である。

そのポイの網を、紙に換えたのは上方の商売人だと言われている。取られっぱなしなのが嫌な大坂の金魚掬い屋が考えたのが初めであろう。

「若旦那。しかも、縁《ふち》を上手く使《つこ》うてですな、紙は破けんように……」

「分かった、分かった」

と手を振った鉄次郎が、アッとなって立ち止まった。その背にドンとぶつかった季兵衛は、鼻を押さえながら、

「あたた。何をしまんのや」

「――そうか……金魚掬いか……その遊びみたいに、おもろいけれども、なかなか上

手いこといかん遊び……それが一番、面白いのかもしれへんな」

「はあ？」

「なるほど、なるほど」

鉄次郎は何だか嬉《うれ》しそうに手を叩いて、

「季兵衛さん。金魚掬いのような遊びで、しかも大掛かりのものを考えて下さいな。大人も子供も夢中になって、飽きることのない遊びを。それが目玉になるかどうかは分からんが、とにかく来る人を楽しませんとあきまへんな」

「なんですて？」

「ああ、それから、大坂相撲《ずもう》をもう一度、盛り上げたらええなあ。聞いた話やけど、上方は奈良・平安の昔からある〝相撲《すまい》の節《せち》〟を引き継いで、大坂は元禄の世に、勧進《かんじん》相撲を始めたらしいな」

「へえ。興行相撲かて、こっちが本場どっせ。けど、すっかり江戸にお株を奪われてしまいましたわい」

「なんでや」

「そら、寛政年間頃には、谷風《たにかぜ》だの雷電《らいでん》ちゅう凄《すご》い力士がおったさかいなあ。それ以来、ええ力士はみな、江戸へ集まったんやろ」

「ほんなら、花形力士を呼んできて、興行させよか。来年の桜の頃に、一発やってみいひんか。それを毎年の行事にするのや」

「そう簡単に言いますけどな……」

急に憂鬱《ゆううつ》そうな顔になる季兵衛の背中をポンと叩いて、

「何をしみったれた顔をしてんねや。まずは何が必要か考える。それを実現するための手立てを考える。そして、まずは実行する。これ、あんたに教えられたことでっせ」

「――若旦那……」

季兵衛はしみじみと鉄次郎の顔を見て、

「たった二年足らずで、なんや急に商人らしくなりはったなあ……私の娘のことなんかも心配してくれて……子供みたいな年の若旦那に気いつけて貰《もろ》うて、私はどないにしたらええんですか」

「後ろ向いたら、あかんがな」

「けど、私らの年になったら、後ろ向くしか楽しみがないもんで、へえ」

と苦笑いした季兵衛の顔に涙が浮かんだのかと見えたが、ぽつぽつと落ちてきた雨粒であった。

さっきまで晴れていたのに、急に雲が広がったのだ。

「近頃は、妙な天気ばかりでんな……」

季兵衛は空を見上げたまま言うと、鉄次郎もそやなと頷いた。

「若旦那……大雨になったら、また普請を休まなあかん……難儀やなあ」

「雨が降らんと、虹も見えへんで」

鉄次郎は事もなげにそう言って、少しずつ雨脚が強くなる中を、先に歩きはじめた。町が出来るまでには、長い長い道のりであった。


安政五年（一八五八）の六月――幕府は日米修好通商条約を結んだ。

このことで、大坂や兵庫あたりにも、異国船の影が増えて、世の中がなんとなく騒然としていた。

――この条約は朝廷の勅許を得ずに結んだことで無効だ。

と反対をする尊王攘夷の一派や、将軍を家茂《いえもち》に決定した幕府に不満を抱く一橋派の大名などに、幕府は弾圧を加えていた。

後にいう安政の大獄《たいごく》である。

この弾圧によって処刑される橋本左内《はしもとさない》や頼三樹三郎《らいみきさぶろう》は、大坂の適塾で蘭方医学を学んで蘭学を極めようとしていた人物である。梅田雲浜は京の望楠軒などで、勤王思想を説いており、それぞれが京にて倒幕するために、朝廷に働きかけていた。長州の吉《よし》田《だ》松《しよう》陰《いん》は、老中暗殺を画策するなど、過激な動きをしており、西国は一挙に焦臭《きな》くなっていた。

町人の町大坂であっても、幕府による〝反体制派〟への弾圧という黒い影がじわじわと広がっていた。いくら役人の数が少ないとはいっても、大坂は幕府の直轄領だからである。

ここ『丹波屋』でも、客の口から、あらぬ噂が流れていた。異国との戦となると、戦の世のように、大坂が戦場になるとか、異人が大坂を占領してしまうという類《たぐい》のものだ。

しかし、現実にありえることだ。事実、この十年後には、堺に入港中だったフランスの艦船から、水兵が許可無しに上陸して乱暴を働いたがために、警備をしていた土佐藩士が水兵たち十一人を死傷させた。

フランス側に非があるにも拘《かか》わらず、土佐藩士の処刑と賠償金を要求してきた。弱腰だった新政府はそれを受け入れたのである。

そのため、土佐藩士たちは、フランス艦長や領事館、日本の外国事務局判事らの前で、見事に割腹して果てた。その壮絶な死の光景を直視出来ないフランス側は、十一人目の土佐藩士が切腹をしたときに、中止させたという。

そのような事件が、大坂湾でも起こらぬとは限らず、まだ幕府の時代であるから、もっと様々な問題が生じてもおかしくない情勢であった。

とまれ——。

武家社会の江戸よりも、町人の町である大坂の方が、新たな時代を感じていたのは確かなことだ。豊臣の世から、徳川の世を、巧みに生き抜いてきたように、ぐらついた幕府の様子は肌で感じていた。

「なんや、あの彦根《ひこね》の殿様は。大老に就任した途端、異国に擦《す》り寄りよったで。和親条約たら通商条約たら、勝手に結びくさって、なんのこっちゃ」

「そやそや。老中の間部《まなべ》なんたらちゅうのも、一緒になって、適塾を出てる偉い学者さんらを捕《つか》まえようとしてるやないか」

「このご時世や。外国と仲ようするのか、喧嘩するのか、はっきりせえちゅうのや」

「わてら、どっちかてかめへん。元々、商人は大きな船乗って、余所《よそ》の国と交易をしてたのや。今井宗久さん、呂宋助左衛門《ルソンすけざえもん》さん、茶屋四郎次郎《ちゃやしろうじろう》さん……みな凄い人ばっかや。斎藤道三《さいとうどうさん》や小西行長《こにしゆきなが》かて商人上がりやで」

「そやな。わてらかて、新しい世の中になったら、凄い豪商になれるかもしれへんで」

「大名にもな」

「アホか。新しい世の中に、大名なんかあるかい」

「ほなら、何になるのや」

「知らんわい」

てなことを話していても、咎《とが》める侍はいない。

これが江戸ならば、口を慎めと言われ、下手をすればお縄になる。それが許されるのは、大坂という場所柄であろう。

「だったら、若旦那……あの船、もっと造っとけば、よかったですなあ」

李兵衛ら手代たちは、勿体《もったい》ないことをしたと言った。

「大船を使うて、呂宋助左衛門みたいに、遠い異国まで商いしにいくことが、でけたかもしれへんのになあ」

頷きながら八之助が付け加えたとき、

「何を言うておるのだッ」

荒々しい声があって、草薙与三郎が入ってきた。雨に降られて、髷《まげ》が崩れるほど濡

れている。岡っ引の平七《へいしち》、伝七《でんしち》も一緒である。三人とも目を吊り上げて、

「――研市は、何処《どこ》だ」

と迫った。

結界にいた美濃助は、すぐに手代に手拭いを持って来させて、草薙に渡しながら丁重な態度で座り直すと、

「またぞろ、研市さんが何かしはったんですか、草薙の旦那」

「隠しても、タメにならぬぞ」

「いえ、決して……うちには、まったく近づいておりまへん。ええ、何処で何をしているのか知りまへんし、知りとうもありまへん」

「鉄次郎はおらぬのか」

「季兵衛さんと一緒に、千日前の方へ行っているはずですが」

「やはり、何処かへ匿《かくま》ったか……おい、番頭。正直に申せ。おまえたち、店の者たちの首を刎《は》ねられたくないならば、な……」

顔を拭いた手拭いを美濃助に投げつけて、草薙は語気を強めた。

三

その夜、遅く——店に帰ってきた鉄次郎と季兵衛に、美濃助は昼間、訪ねてきた草薙のことを伝えた。千日前の町造りが少し滞《とどこお》っていることで、頭を痛めていたのに、またつまらぬことで、嫌な思いをしなければならなかった。

「そら、凄い剣幕でしてね、草薙様は……研市を匿っておるのやろ。出せ、出せ、出さぬなら、勝手に調べる……そう言って、店の中を調べ廻しました」

「それで、あちこち襖《ふすま》が破けたり、書類が乱れたりしてるのか」

「もうめちゃくちゃですわ。初めは土足で上がり込もうとしたんどっせ……今も、店の周りをうろついとるのと違うやろか」

心配そうに障子窓を開けて見廻す美濃助に、鉄次郎も溜息《ためいき》をついて、

「難儀やな……で、草薙様はまたなんで、研ちゃん、いや研市を追いかけてるのや。何か騙《かた》って売ったりしたのかいな」

「いいえ、それが……」

大きな声では言えぬとばかりに声をひそめた。

「なんや、よう分かりまへんが、幕府に楯突《たてつ》く一派とつるんで、何やら、怪しいことを企んでいるみたいなんですわ」

「怪しいこと?」

「私ら政事のことは分かりまへんが、東海道の伝馬状を持ったのも、橋本左内さんらを支持する浪人などを、うまく江戸へ届けるためだと、草薙様はそう言うてました」

「まさか……」

とても信じられないと、鉄次郎は言った。

世の中が変わるという風は感じていたものの、倒幕という思想はまだ世間の風潮としては広がっていない。ただ、開国をして、自由に交易ができるようになれば、商人がもっと活躍できる時代が来るという予感は、なんとなく抱いていた。

だからといって、国内に大きな〝革命〟があって、内戦が起こるようなことは鉄次郎は考えてもみなかった。

ただ、外国が攻めてくるのではないかという、漠然とした不安は感じていた。銅山の山奥では感じなかった、ピリピリした危機感とでもいおうか。

「儂は……研市が、そこまで大それた考えをもって動いているとは思えんがなあ」

「さいです。あの人は、目先の儲けしか考えない人でっさかいな」

「ああ。でも、目先の儲けと、幕府に逆らうということが一致したら、それこそ考えもなしに突っ走るかもしれんしな。どっかの偉い人みたいに、異国船にこっそり乗り込もうとして、捕まりそうになって逃げたンじゃなかろうなあ」

鉄次郎が心配顔になると、美濃助は首を振りながら、

「草薙さんの話では、とにかく、このままでは幕府から追われの身になって、『丹波屋』にも累《るい》が及ぶと言うてました」

「うちに……」

「へえ。若旦那と研市さんは兄弟も同然。同じような考えではないか。あるいは、何処かで通じていて、幕府に楯突く者を匿っているのではないかと」

美濃助の話を聞いて、迷惑な話だと季兵衛は溜息をつき、鉄次郎も頷きはしたものの、心の中では心配だった。

雨が蕭々《しょうしょう》と降り続いた。

この雨がきっかけになったわけではないが、千日前の普請がぷっつりと途絶えてしまった。さらに大工や人足が俄《にわか》に、手間賃が安いとごねはじめたのだ。

大工の日当は雨の日の強行は倍になるという。だから、『丹波屋』としても、なるべく歩合を増やしてはいたが、なかなか大工たちが腰を上げない。立売堀の段五郎や

『恵比寿屋』角兵衛らが、大工の棟梁とかけあっても、肝心の職人が動かなかった。

その理由は——『丹波屋』は、大老井伊直弼《いいなおすけ》の弾圧、当時は戊午《つちのえうま》の大獄と言われていたが、鉄次郎も幕府から睨まれるほどの〝危険思想〟の持ち主であるからだという噂が広がっていたのだ。

誰が、そのような出鱈目《でたらめ》を吹聴したのかも分からないが、大工や職人、人足は、そんな鉄次郎の仕事を請け負っていると、反幕府に荷担したことになると、何者かに脅《おど》されていたのだ。

何者かは分からない。ただ、重苦しい世相が、人々の心の中にあらぬ影を作ってしまい、恐怖に感じることはよくあることだ。

「たぶん、『泉屋』の三善さんのせいでっせ」

季兵衛たちはそう思っていたが、証拠もなく決めつけるわけにはいかぬ。また、大坂城代も鉄次郎には恥を搔かされたようなものだから、腹に据えかねて報復をしているのかもしれない。

だが、いずれも想像に過ぎないから、文句を言ったところで、改善されるとは思えない。そして、そんな雰囲気の中で、職人たちを改めて動かせるというのも難しい。

鉄次郎にとっては、何より町造りが頓挫《とんざ》してしまうことが、恐かった。

そんなある日――。

季兵衛たちとともに、『堺屋』文左衛門も一緒に善処をすべく話し合っていたときである。鉄次郎が考えつかれて中座し、中庭に咲いている花に水をやろうとしたとき、

「鉄次郎。俺や、こっちこっち……」

と声がする。すぐに研市の声だと分かった。

植え込みの向こうの蔵の陰を見やると、袖《そで》と手だけが見えて、手招きしている。

「…………」

鉄次郎は一瞬、母屋の季兵衛たちを振り返ってから、蔵の方へ向かった。研市の姿を見られたら、町方に捕縛するよう、報《しら》されるかもしれないからである。

蔵の陰をひょいと覗《のぞ》くと、研市が手《て》っ甲脚絆《こうきゃはん》の旅姿で、しゃがみ込んでいた。

「やっぱり、おまえか」

「元気そうでなによりや。景気はどや」

「――おまえ、何考えてんねん。人がどれだけ心配してると思うてる」

「あ、心配してくれたんや。ありがたいこっちゃ、ほんま……そんなこと言うてくれるの、おまえだけやで」

「そやろな。世の中、みんな、おまえの敵や」

「敵……ちゅうたらな、適塾の人たちも、みんな危ないで」

「やっぱり、おまえ、そういうことやってたんか」

「そういうことって何や」

「どうでもええけど、人前に顔を出されんようなことは、もうやめとけ」

説教臭くいう鉄次郎に、研市はカチンときたのか、

「何様のつもりや。さっきから、俺のことをおまえ、おまえと……俺は年上やど」

「だったら年上らしいしてえな。こっちは、研ちゃんのお陰で、千日前の普請が危ういのや。おまえとグルやと思われてる」

研市はわずかだが、申し訳なさそうに頷いて、

「すまんのう……でも、やっぱり鉄次郎、おまえは大した男や。この大坂に、新しい町を造ろうという考えが凄い。凄すぎる。太閤秀吉より偉いで」

と、わざとらしく褒めたが、こういうときに限って、金を貸せと言ってくるに違いない。だから、鉄次郎は先に、

「貸す金はないぞ。前に持ってかれたものすら、返して貰《もろ》うてないしな」

「人聞きの悪いこと言うなや」

「人に聞かれてもええこと、せえや」

責めるように鉄次郎が言うと、ゆっくりと立ち上がった研市は、懐から封印小判を差し出した。もちろん、本物である。

「おまえ、これ……どこで盗んできたのや」

「また人聞きの悪いことを。これは、まっとうな金や」

「そうは思えん」

「まあ、耳クソほじくってきけ。これは、ちゃんとした金や。さる御仁から、まっとうな仕事をして受け取ったものや」

「さる御仁とは、仕事とは……」

「それを言うたら、それこそ、おまえが俺と同じ穴の狢《むじな》になる」

「やっぱり、悪いことをしたのか」

「そうやない……そうやないが、今の世の中でいえば、悪いかもしれん」

鉄次郎が何か言い出しそうになるのを、研市はシッと口元に指を立てて止めて、

「誰にも言うなや……俺は、異国船に乗って、この国を出る」

「なんやてッ」

「シッと言うとろうが……」

研市は辺りを見廻してから、鉄次郎に小判を握らせて、

「なんも言わんと受け取れ。これが、せめてもの、俺の……俺のおまえへの思いや。こんなん、今のおまえにゃ端金《はしたがね》だろうが、きっちり借りた金は返したで、ちょいと足らんが、そこはご愛敬や」

「何をする気や……」

「今、言うたとおりや、俺は黒船でメリケンちゅう所へ渡る。おまえの新しい町なんぞと桁《けた》違いの、凄い新しい町がある楽天地や。俺はそこで、色々なものを見聞きして、でっかい商売をしたいと思う。いずれ、日本は……この国はもっと大きく開いて、異国と交易をすることになる。そんときは、おまえと手を組んで、ええ夢みようやないか」

「悪夢やで」

「勝手に言うとけ。俺はな、鉄……今度こそ本気や。誰をも吃驚《びっくり》させたらい。別子の銅が何処へ売られて行ってるか、この目で見て、教えてやるわい」

言いたいことを縷々《るる》と言ってから、もうひとつ役に立つ話やと紙を渡した。

「これはな、幕府が開港したことで、幕府じたいが真剣に考えてるこっちゃ。さる筋から仕入れたのやがな、おもろいで……」

渡された紙には、船の絵図面が描かれてあった。船体の設計図で、複雑な数式も記されていて、素人の目にはまったく分からない。しかし、浮力の原理や水圧のこと、転覆しない復元力の仕組みから、揚力や旋回の力や船にかかる圧力、さらには船体の材質やら各部分の形なども詳細に描かれていた。

「大型船を造ったおまえのことやから、ピンときたやろう。これは、異国で造られている黒船……いや、鉄の船の造り方や」

「鉄の船？」

「ああ。幕府も造ろうとしとる。本気やで。そのために鉄工所たらを建てるらしい。これも、たしかな筋から耳に入れたのや」

「鉄工所……」

聞き慣れない言葉に鉄次郎は戸惑ったが、研市はあっさりと、

「木工所から、鉄工所や。鉄次郎、おまえの鉄やがな」

「…………」

「これも聞いた話やが、鉄の船の方が、木の船よりも軽いらしいで」

「まさか……」

「浮かぶようにでけてるのやがな。まさに、海に浮かぶ、黒金《くろがね》の城やな」

「なんで浮かぶか、難しい話は俺には分からんが、おまえならちゃんと学んでやってけるやろ。こういう鉄の船が、異国では当たり前になってる。それに木の船だったら、敵の大砲一発で壊れて燃えるが、鉄はびくともせんし、燃えもせん……戦をするにしても、おまえの造った船じゃ負けるで」

研市の話していることが現実離れしていて、鉄次郎には思い浮かべることはできなかった。だが、研市は、

「俺を信じろ」

と言って、その〃設計図〃を鉄次郎に押しつけてから、

「縁があったら、また会おう」

そう言った。そして、鉄次郎の両肩をぽんぽんと叩いてから、背中を向けて蔵の裏手に廻ってから、姿を消した。

「――研市……」

ぽつりと呟《つぶや》いた鉄次郎の手には、いずれ世の中を変えてしまうような絵図面があって、ひらひらと風に揺れていた。

「若旦那あ、どこです？　具合でも悪うなったんですかあ？」

「………」

美濃助の声が母屋から聞こえてきた。

四

その絵図面は誰にも見せなかった。いわゆる禁書の類であろうことは、鉄次郎にも想像できたからである。

ただ、万が一、お上に奪い取られるかもしれぬと思って、鉄次郎はその絵図面を、几帳面に写し取った。写し取りながら、船の構造を学んでいた。

自分が船大工になるわけではないが、その構造を描いていると、なんとなく鉄でも水に浮かぶ理屈が分かるような気がしてきた。和船の木割術も細かくて凄かったが、それよりも詳細な〝設計図〟でもって造られていることに、鉄次郎は驚異すら覚えた。

重量のことは分からないが、構造を見ると、たしかに研市が言っていたように、和船の材木のかけかたと比べて、総量が軽く出来そうな気もしてきた。

図面をきちんと写しているだけで、あっという間に時が経ち、いつの間にか夜が明け、住み込みの丁稚《でっち》が声をかけにきて、

——ああ、もう朝か……。

と気づくときもあった。商家の朝は早いのである。

しかし、今日は筆を置いた鉄次郎の方が、障子《しょうじ》の外が明るくなりかかっているのに気づいた。立ち上がって障子戸を開けて、風を入れると同時に、

「旦那様……」

慌てたような声で、手代の貞吉が廊下を早足で近づいてきた。何かがあったような少し震えた声だった。

「どうした。野良猫が赤ん坊でも産んだか」

「冗談を言っているときではありまへん。詫助が高い熱を出して唸《うな》ってるんです。他の丁稚も三人、同じように……」

「なんやて？」

すぐさま丁稚部屋に行くと、真っ赤な顔になった詫助が、少し口を開けて、うんうんと唸っている。体の節々が腫《は》れていて、皮膚も痣《あざ》で黒ずんでいる。

「なんや、これは……」

他の丁稚も似たような症状で、鉄次郎が触ると、痛いくらいに熱かった。

「悪いもんでも食うたか？」

「夕餉《ゆうげ》はみな同じものですから、丁稚だけがこうなるとは……」

「体が小さいしな……他の手代らは大丈夫か」

「へえ。でも、こんな調子なので、唸るだけで話もできませんよって、美濃助さん自ら、公琳《こうりん》先生を呼びに行ってくれました。朝早《と》うから迷惑やからて」

近くの町医者に診《み》て貰うしかない状態なのだ。

「病気に朝も夜もあるかい」

鉄次郎はとりあえず冷たい水で、丁稚たちの体をいとうように拭いたり、水を飲ませようとしたが、きちんと起き上がることすらできなかった。まるで、何か悪霊に取り憑《つ》かれたかのように体が赤黒くなってきた。

駆けつけてきた公琳は挨拶《あいさつ》もそこそこに、詫助たちを診たが、驚きを隠せない表情になって、四人の丁稚たちの様子を見ながら、

「他の奉公人もみな、別室に呼んで、ちょっと待たせておいて下さい」

と公琳は命じた。

「なんなんですか、先生」

と鉄次郎が狼狽《ろうばい》したように尋ねると、

「後で詳しく話しますから、とにかく水とお湯、それから新しい晒《さら》しの布を持って来

て下さい。ええですなッ」

徒《ただ》ならぬ公琳の様子に、鉄次郎は不安を抱いたが、従うしかなかった。

番頭の季兵衛や美濃助、手代の杢兵衛や貞吉らには、どこも悪いところはなさそうだが、やはり若い手代や丁稚らの中には、気分が優れないものもいた。

公琳の手当てと処方した薬によって、丁稚たちは少し様子が落ち着いたようだが、それでも熱は下がらず、寝苦しそうにしていた。

「先生、これは一体……」

集めた番頭や手代らの前で、鉄次郎が改めて訊くと、公琳から、

――ペスト。

という聞き慣れない言葉が出た。

「な、なんですか、そりゃ……」

「黒死病や」

「こ、黒死病……私ら別に、酷使なんぞしてまへんで」

季兵衛がぽろりと言うと、洒落《しゃれ》にならんことを言うなと鉄次郎は返した。

もしそれが本当ならば大変なことだと思った。ペストではないが、銅山では伝染病などが発生すると、その集落全体が感染して危険に陥《おちい》ることがあった。それゆえ、

事の重大さが直感的に分かったのである。

ペストとは古来より、欧州で激しく流行したことのある伝染病で、菌が内臓で増殖して敗血症や肺炎を起こし、脳や心臓もやられて死に至ることも多い。

「二百年程前は、エゲレスやフランスなどの異国で大流行してな、何万人もの人が死んだということや」

公琳の話に、鉄次郎は聞き返した。

「では、ただの疱瘡《ほうそう》とは違うんですかいな」

「それの重いものと思うて構わん。ねずみを刺したダニや蚊などから、人に伝染《うつ》ることが多いからな、気をつけなあかん。丁稚たちは、首の付け根や股の付け根が異様に腫れてて、体中に青黒い斑点《はんてん》もあったから、まず間違いないやろう」

発病すると激しい高熱を出して意識がなくなり、喉の渇きや肌のかさつきが増して、死に至ることもある。

恐いのは、どうすることもなく、伝染する虞《おそれ》があるから、放置されることである。死んで埋葬しても、伝染るというような噂も流れて、人々が町から逃げ出して、まさに死の町になることもあったという。

「そんな……どないなるんです」

「安心せいとは言える症状やないが、幸い大坂には、適塾の緒方洪庵先生が造ってくれた、除痘館《じよとうかん》がある」

除痘館は、嘉永二年（一八四九）十一月に設立した医療研究機関である。エドワード・ジェンナーが発見した牛痘種痘法によって、新しい天然痘を予防するためだ。西洋伝来のこの医療技術や方法を広めて、疫病をなくすというのが狙いだった。

この除痘館は営利を目的とせず、仁術に徹することで、身分や出自に関係なく、施《ほどこ》しを受けられた。伝染するのに、武士も町人も百姓も関わりないからである。しかも、この除痘館が痘苗を諸国に分苗して普及することで、より広く命が救われるようになった。

だが、やはり金銭的な援助がないと、除痘館は立ち行かない。そこで、長者や分限者の中には理解を示して、寄付をしていた者もいたが、厳しい状況であることには変わりなかった。

それが、今年の四月に、除痘館は官許を得た。幕府の公認となったのである。大坂の古手町《ふるてまち》の除痘館だけが、日本で唯一の種痘の良質な苗を作れる所となったのである。後に、大坂三郷には他にも官許される種痘事業所ができるのだが、それは古手町が手狭になったからだった。

　そして、さらに時代が下ると、摂津、河内、和泉、播磨へ事業が拡大して、除痘館はその中心的な存在になって、優れた医者などの人材も増やしていくのである。

　公琳は除痘館の医師らと連絡を取ることによって、きちんとした感染を阻止する施設で、詫助らを治療、看病することができた。もちろん、天然痘や腸チフスとペストは違うものだが、当然、治療方法なども研究されていたから、徐々に症状は改善していった。

　しかし――。

　人の口に戸は立てられぬ。根拠のない悪い噂はどんどん広がった。

「材木問屋の『丹波屋』は、病の巣があるらしいで」

「恐い恐い。近づかん方がええで」

「うちの子に伝染されたら、敵わんなア」

「ほんまや。どこか他へ行って商売したらええねん」

「あそこの材木買《こ》うたらあかんで。ほんま、死んでまうで」

などと心ないことを言われた。

　もちろん、そのような噂を気にせずに取引を続けてくれる得意先も多かったが、何か体に不調をきたせば、

――『丹波屋』を訪ねたせいかな……。

という不安がもたげてきて、それがまた悪い噂となって広がるのである。まさに、伝染病のようにタチの悪い噂だった。

それが、噂だけならばまだいい。しだいに、体調不良などで不安に駆られた人々が、元凶は『丹波屋』だとばかりに、石や泥を店先に投げたり、朝、表戸を開けると鳥や猫の死骸が置かれていることもあった。そして、それらは、『丹波屋』にある病の巣のせいで死んだのやという噂がまた広がる。

悪循環とはこのことで、何を言っても始まらなかった。終いには立売堀にある材木までもが、伝染病の菌が埋まっていると言われるようになった。他の材木商にまで飛び火したのである。

『丹波屋』のせいではないとは分かっていても、商売が危うくなった材木問屋などは、鉄次郎に善処せよと訴えてきたり、中には弁償をしろという者までいた。

それらは、いくら除痘館の医師が説明をしても、理屈はともかく感情として、

「材木が悪いのやないか。どこぞから運ばれてくる途中に、菌がついたのではないか」

などと何の根拠もないことまで言われはじめた。まさに風評被害である。

それに加えて、近頃、急に増えた異国船の姿に、

――あれが遠い国から、病原を運んで来てるのやで。大坂湾に入れたらあかん。

などというまことしやかな噂も広がってきた。

そんな風潮の中で、最も恐れていたことが起こった。

海風の強い夜だった。

カンカンカン、カンカンカン――！

火の見櫓《やぐら》の半鐘が叩かれる音に、船の絵図面を描き写しながら、うとうととしていた鉄次郎はハッと目が覚めた。半鐘と呼応するかのように、心の臓の鼓動が激しく波打っていた。

五

猛然と燃えている炎を前に佇《たたず》んで、鉄次郎はバキバキと音を立てて崩れる木造二階建ての長屋を見上げていた。

火消したちが懸命に消火をしているものの、ほとんど手をつけられない状況で、炎がどんどん広がっている。完成した家屋もあれば、まだ建前までのものや、着工した

ばかりの柱だけのものなど色々あったが、ぼうぼうと燃え上がる炎は天を突きぬけるのかと思えるほど、高く聳《そび》えていた。

ここは――千日前である。

やっとこさ、入居する居酒屋や一膳飯屋や遊戯屋などが決まって、一部の開業が始まるという矢先だった。

中には調度品や新しく設えたばかりの厨房、鉄瓶やら何やら、色々な道具を取り揃《そろ》えていた店もあったから、それらもすべてパアになってしまう。文字通り、灰燼《かいじん》となってしまいそうな勢いだった。

海からの風はやみそうになく、造りかけの千日前だけではなく、道頓堀の方まで延焼するのではないかと、人々は不安に駆られた。大坂で随一の繁華街、芝居街が広がっているからである。そこまでが焼けたら、

「大坂はしまいや」

と嘆く人々の姿もあった。住人たちは、なんとか延焼を防ごうと、堀川から手桶で水を廻して懸命に消そうとした。焼け石に水に近かったが、それでも必死だったのである。

幸いなことに、雨が降り始めて、並ぶ建物が半分くらい燃えてしまった頃に、よう

やく鎮火した。だが、燻《くすぶ》っている火種は残っているようだったから、火消したちがまめに消していった。

二刻（四時間）あまり続いた火事だったが、終わってみると、まるで焼け野原で、

——一体、何があったのや……。

と思えるほど、茫洋《ぼうよう》とした光景が広がっていた。

元々、何もなかった所だから、余計に殺伐《さつばつ》として見えるのである。

その荒野のような所に立っていた鉄次郎は、

「道頓堀まで広がらんでよかった」

と正直ほっとした。

大変な事態であることに違いはないが、やる気さえあれば、もう一度、造り直すことはできるからである。

鉄次郎の中に、大損をしたとか、また一から出直すのは大変だという感覚はなかった。とにかく、鎮火したことにほっとしていたのだった。

「バチが当たったのや、あんさんは」

嗄《しやが》れた声が近くで聞こえた。

振り向くと、野次馬の中にいた小柄な老婆が、

「こんな所で商売をしようなんぞと思うて、欲を掻いたから、無縁仏の霊が、うようよと土の中から出てきて、燃やしてしもうたに違いないわい」

そう言って、鉄次郎を睨みつけた。

その老婆の一言で、鉄次郎が『丹波屋』の若主人であることが分かり、集まっていた野次馬たちは、思い思いの言葉でなじりだした。「死ね」「カス」「弁償せえ」「どついたろか」「欲惚《ぼ》け」などと、思いも寄らぬ言葉が槍のように飛んできて、鉄次郎は身の置き所に困った。

しかし、深々と腰を折って、

「どうも、すんまへん。こんな風の夜なのに、ちゃんと見張りをしてなかった、儂のせいです。どうもすんまへん」

と鉄次郎は謝るしかなかった。

「けど、これで、せえせえしたわい。伝染病の病巣の材木も焼けてしもうた」

「そやそや。こんな家に住んだら、死んでしまうで」

「近くにも伝染ってしまうわい」

「燃えて結構だったのや」

「法善寺のお不動さんも怒ったンとちゃうか」

不動明王は手に剣と縄を持ち、悪い因縁を断ち切る仏様である。それゆえ、炎を背にして怖い顔をしているのだが、道頓堀を守ってくれたのは法善寺のお不動様やという声が、あっという間に広まった。

「おまえは、信心が足らんから、火事になってもうたのや」

「こんな所に、食い物の店なんぞ、いらんわい。道頓堀で十分や」

「誰が、こんな所に来るかい、ボケ！」

などという声が、野次馬の中から飛んできた。それほど、千日前を繁華にすることが気に入らないのかと鉄次郎は思ったが、

――今に見とれ。いつか儂が、この腕で、びっくりするような凄い町にしたるッ。

と、心に誓ったのであった。

集まった野次馬たちは、この鬱蒼《うっそう》とした墓地や刑場である所が、後に大坂で一番の繁華街になることを知らない。

明治の初期に、新政府の近代化政策として、阿倍野《あべの》、長柄《ながら》、岩崎などに新たな墓地が設けられ、千日前の刑場は廃止されて、千日前を活性化するため、葬儀屋だった藤原重助が香具師《やし》たちとともに、見せ物小屋や芝居小屋を移してきて、賑わいを見せるようになるのだ。そのことに鉄次郎も関わるのだが、それはまた後の話である。

このときは、野次馬たちは疫病神だとばかりに、『丹波屋』を責め立てたのであった。棍棒などで、鉄次郎を殴り殺さん勢いであったが、

「やめとけ、バカ者めらがッ。お縄になりたいのか」

と止めたのは、駆けつけてきた草薙だった。

町方同心なんぞ恐くはないわいという大坂町人たちだったが、今は幕府に逆らった奴は根こそぎとっ捕まえられるというご時世だから、不満ながらも押し黙った。

「此度の火事は、付け火の疑いもある」

その草薙の言葉に、野次馬の中にもどよめきが広がった。

「俺も今、見廻ってみたが、あちこちに油桶が捨てられてあり、火種と思われる火打ち石や蠟燭《ろうそく》の燃え痕などもあった。放火であれば、やったやつは火炙《あぶ》りの刑だ。その刑場で、晒《さら》し者になろう。奉行所で慎重に調べておるゆえ、火事を喜んでいた奴は、みんな調べるから覚悟しとけよ」

と張りのある声で言った。

野次馬たちは肩透かしを食らったような顔で、ぶつくさ言いながら、三々五々、散っていったが、どこかスッキリとしない鉄次郎であった。

「旦那……付け火って、ほんまですか」

「さあな。はっきりは分からん」

草薙は苦々しい顔で、鉄次郎を見やった。

「ほなら、なんで……」

「あのままなら、おまえ、袋叩きに遭《あ》ってたかもしれぬぞ。ああでもせんと収まらんやろうが、ええ?」

「……すんまへん」

「ただでさえ、この新しい町は評判が悪い。それに加えて、伝染病の噂だ。悪霊が為したという迷信じみたことも、一概には否定はできまい」

「…………」

「もっとも、付け火が根拠のない話ではない。油桶が転がっていたのはたしかや。まだ、どの店も、商売をはじめてないのに、油だけを置いてあるのも妙な話だ」

「へえ……」

「おまえのことを気に入って、後押しする奴も多いが、若造ゆえに気に入らんと妬んでいる奴もいるのではないか?　殺されんように注意しといた方がいいぞ」

と不気味なことを言った草薙に、鉄次郎は溜息を返すだけだった。

「それにな、『丹波屋』……またぞろ研市を逃がしたようだが、あんな奴と関わっていたら、それこそ災禍を我が身に招くようなものだぞ」

「…………」

「何処へ逃げたか、正直に言え」

「それは……」

「庇《かば》うような奴やない」

「ほんまに、知らないんです。たしかに、うちにちょこっと来ました。何処で手に入れたか知りまへんが、貸していた金を返しに来て、そのままプイとおらんなったんですわ」

「…………」

「ほんまです」

異国船に乗って遠い〝新世界〟に行くなんて話はしなかった。鉄次郎自身が、それをまともに信じていたわけではないからだ。いつもの、たわいもない妄想だと思っていた。

「——まあ、せいぜい気をつけや……」

草薙が十手の先で、鉄次郎の鳩尾《みぞおち》あたりを突《つつ》くと背を向けて立ち去った。

それを見送っていた目が、焼け跡の一角に止まった。

黒くなった大黒柱も梁も崩れかかっていたが、まるで亡霊のようにじっと立っているものがある。

「なんや……」

近づいてみると、それは鉄兜《かぶと》とそれを支える支柱、そして刀剣であった。

そっと触れるとまだ熱かったが、いかにも堂々と立っていた。

「鎧《よろい》でも置いてあったんかな……」

じっと見つめていた鉄次郎の脳裏に、研市の顔が浮かんだ。

「鉄の船が、異国では当たり前になってる。それに木の船だったら、敵の大砲一発で壊れて燃えるが、鉄はびくともせんし、燃えもせん……」

と自慢たらしく言ったときの顔だ。

鉄次郎は、鉄船の絵図面も思い出していた。そして、その堅牢《けんろう》な造りや水に浮かぶ理屈などを考えているうちに、

――燃えなくて沈まない鉄の船……町も燃えなくて倒れない町……そういうのが当たり前の世の中になるかもしれへんな。

ふいに、そういう思いに駆られた。

妄想をぼんやりと頭に描きながら、まだ煙が燻っている焼け跡を眺めていると、数

人の物乞いがぞろぞろと近づいてきた。何か訴えたいことでもあるのかと、鉄次郎の方から歩み寄ろうとすると、

「若旦那、わてでおます……」

と声をかけてきたのは、喜多野千寿だった。

「あ……」

声をかけようとして、鉄次郎は名を言うのを飲み込んだ。

「実は、若旦那さん……わての物乞い仲間が、怪しい人間をふたりばかり見たちゅうんですわ。火事が起こる直前に」

そう言って、千寿は後ろに控えている物乞いたちを、前に出した。

物乞いたちは、金さえくれれば何でも話すとでもいうように手を差し出した。鉄次郎は小粒をそれぞれに握らせて、

「なんや……何を見たのや……」

と身を乗り出して訊いた。

また海風が強くなって、火種を再燃させるかのように轟々《ごうごう》と音を立てた。

六

その翌日、鉄次郎は鰻谷の『泉屋』に、清吉を訪ねていた。

代理として忙しそうに来客に接していた清吉は、突然、現れた鉄次郎を一度は追い返したが、どうしても訊きたいことがあるとしつこく食い下がるので、一刻（二時間）程待たせて、自分の執務室に呼び入れた。

手代がふたりほど補助役としていたので、鉄次郎は人払いをしてくれと頼んだ。

「なんや。前触れもなく来たかと思うたら、偉そうに何を命令してるのや」

清吉が不機嫌に言うと、鉄次郎は穏やかな口調で、

「まだ確かな話やないからな、人に聞かれとうない話や」

「私は聞かれても構わへん。第一、おまえとふたりだけになったら、何をされるか分かったもんやないさかいな」

「そうか……そっちがええちゅうなら……」

鉄次郎は手代を見ながら頷くと、

「ゆうべ起こった、千日前の火事のことは知ってるか」

「――ああ。大変な騒ぎやったなあ」

「見に来なかったんか。こっからなら、そう遠くないし、炎が見えたはずやで」

開け放たれた窓の外を、鉄次郎が見ると、清吉は何気なく閉めて、

「私の家は、梶木にあること、おまえは知っとるやろ。主人がいぬ間に訪ねたくらいやさかいなあ」

と、まだ根に持っているような言い方をした。

「いつまで、切った爪を拾うて、数えとんねん」

「おい。言葉に気をつけろや、鉄次郎。不義密通で訴えてやってもええのやで！」

「そんなことはしとらん。なんで、自分の女房を信じてやれへんのや」

そう意見してから、鉄次郎はゆっくりと腰を下ろすと、

「今日来たのは、千日前の話や。あれは、儂がこの命を賭けて造ろうとした〝食い倒れ〟の町や。大坂城代様の前で、たんと話したよなあ。そして、銅吹所も諦めてくれたはずや」

「それが何や」

「またぞろ、その話が吹き出てるらしいな。銅を吹くのはええけど、つまらんことを吹きまくられたら困るのや」

「……私が決めたことやない。『泉屋』が住友本家とも相談して、鰻谷で手狭になったぶん、千日前墓地跡にでも移そうかという話になったのや」

「火事になったら、早速かい……と言いたいところやが、火事になる前から、決まってたちゅう話やが」

「………」

「なんで、〃食い倒れ〃の町に、銅吹所を作る話が出てるのかいな。まるで、火事になるのが、分かってたような話やないか」

鉄次郎は穏やかではあるが、怒りを飲み込んでいるような顔つきで、じっと清吉を睨みつけていた。しばらく、黙っていたが、清吉は目を逸らして、

「銅吹所のことは、私が決めたことやないと言うてるやろが」

「だったら、決めた奴と話をさせて貰おうかいな」

「おい。いい加減にしとけよ。こっちは、嫁の幼馴染みやと思うて、じっと我慢してやっとんのやで」

「こっちも、幼馴染みの亭主やから、穏便に話を付けたろうと思うてるのやで」

「――どういう意味や」

「自分の胸に手を当てて、よう考えてみい」

「何の話や」

「まだ分からんのか」

「分かるかい」

「自分でよう言われへんのかいな」

しだいにお互いの口調が激しくなってきたので、見ていた手代たちは不安げに腰を上げて、止めようかどうしようかと迷っているようであった。鉄次郎はすっと立ち上がると、清吉が閉めた窓を開けて、

「ゆうべは、おまえはここに泊まってたはずや。ああ、ちゃんと店の者に聞いてる。ここからは、あの火事騒ぎがよう見えたはずや」

「………」

「一部始終見届けることができる。なのに、大変だったらしいな……という感想はないやろ、清吉さんよ」

少しドスのきいた声に変わったので、手代たちは益々、喧嘩になってはいけないと止めるそぶりを見せた。

「火事の最中、ふたりの男が、この窓の下に来て、『細工は流々《りゅうりゅう》、仕上げをご覧《ろう》じろ』と囁《ささや》いていたらしいな」

予想だにしなかった鉄次郎の言葉に、清吉は思わずギクリとして立ち上がりそうになった。だが、手代たちの手前、動揺を隠すように苦笑を浮かべると、

「何のことか知らんが……忙しいから、もう帰ってくれ。つまらぬ話は、また一杯つきあいながら、聞いてやるさかい」

「下戸のくせに酒の話すな。それとも、一杯ちゅうのは、けつねうろんのことか」

「ええ加減にせえよ、鉄次郎……」

「それはこっちのせりふや」

バンと障子窓の枠を叩いた鉄次郎は、声を少し荒らげて、

「この窓の下に来た男のひとりを、とっ捕まえた奴がおるのや」

「なんやと……!?」

「この際、はっきりと言うたろか」

鉄次郎が鋭い顔で振り返ったとき、清吉は冷静を装いながらも、少し震える声で、手代たちふたりに下がるように命じた。それから、意を決したように鉄次郎に向き直ると、

「何を見たというのや」

「!?——」

「──何を見た……ふん。自分から言いよったがな」

「……………」

「この窓の下に来たのは、勘八《かんぱち》と捨吉《すてきち》という遊び人や。ふたりは、俺たちが造って、もうすぐ完成やという町のあちこちに、油を撒《ま》いて燃やしたそうやな」

「知らん」

「あの辺りにいた物乞いが、造りかけの屋敷の中で勝手に寝ていたのやが、そいつらが見たのや、油を撒くふたりの姿をな」

「……………」

「火事になったのを番屋に報せたのも、そいつらで、勘八と捨吉がここに来たのも、ちゃんと物乞いが尾《つ》けて見てたのや。おまえに事後をきちんと話すためにな」

「何の話や。そんな奴ら、私は知らんで」

「けど、ふたりのうち、勘八の方を物乞いが捕らえてな、ちょいと痛い目に遭わせて白状させたらしい。そしたら……」

鉄次郎は清吉を凝視したまま、

「おまえに頼まれたと正直に言いよった」

「知らんがな……大体が、そんな物乞いの言うことがあてになるかい。遊び人ちゅうのも、何処の誰か知らん。何もかんも、証拠のない話や。おまえは私を貶《おとし》めたいンか」

「それは、おまえの方やろ」

「だったら、お上にでも何でも申し出んかい。そんな物乞いの話、誰が信じるか」

「お上に申し出たいのは山々やがな……おみなの亭主を罪人にしとうないのや。そんなことをしたら、おみなが可哀想《かわいそう》や」

「──ふん。また、おみなが心配か」

鼻先で溜息をつく清吉に、鉄次郎は引導を渡すように言った。

「正直に話したら、まだ救われる道はある。どや……儂だけに正直に言わんか……それで、反省をしたら、このことは黙っといたる。火事にはなったが、幸い人が死んだわけでもないし、怪我《けが》をしたわけでもない。道頓堀の人たちにもかろうじて迷惑は避けられた。こっちは不幸中の幸いやと思うとる」

「………」

「なあ、清吉……何遍も言うけど、もうそろそろ、儂のことを相手にするのはやめてくれんか。あんたは賢くて立派な人間になれるはずや。儂みたいなショボい奴を相手にせんと、自分の道をまっすぐ突き進まんかい」

しみじみという鉄次郎に、清吉は余計に腸《はらわた》が煮えくりかえったように、

「その説教臭いのが……偉そうなのが、気に食わないンだ……」

と言って、さらに苦々しい顔で続けた。

「銅山におったとき、おまえは必ず勝とうとはしなかった」

「勝とうとはしなかった……？」

意味が分からぬと首を傾げる鉄次郎に、清吉は憎々しい声で、

「何でもかんでもや。人を持ち上げたり、人を褒めたり、力自慢もせず、誰かが負ければ応援してやり、遊びの賭け事でも、自分に都合のよい花札はすぐに捨てて、わざと負けたり……なんや、それは……勝たない快感ちゅうのか……それは驕《おご》りや、人を馬鹿にしてる証拠や……」

「何の話をしとるねん」

「私は、そういうおまえが鼻持ちならないと言うてるのや。今度のことでも、こっちに情けをかけて、勝ったつもりか。私を追い詰めて、いい気になったつもりか、鉄次郎！」

「――ほんま、しょうもない奴やな」

鉄次郎は呆《あき》れた声になって、

「おまえが付け火を指示したとは信じとうないが、物乞いだろうが、遊び人だろうが、証人にはなるで……この人も見てたのや」

と言うと、物乞いがひとり入ってきた。小汚い薦《こも》被りなので、清吉は俄に眉間に皺を寄せて追っ払おうとしたが、

「ちゃんとこの目で見ましたのや。遊び人ふたりが火を付けるのをね。そして、そいつらを問い詰めて、白状させたのもわてだす」

「なに……」

「けど、お上に言う前に、鉄次郎さんに相談しとかなと思うてな。清吉さん……あんたが付け火の〝下手人〟になってしまいますさかいな……これでも気を配ったんやで」

「黙れ、黙れ。なんだ、おまえは……！」

と取り乱したように叫んだ清吉に、薦被りはゆっくりと本当の姿を現した——もちろん、千寿である。

「城代様と一緒の折り、お目にかかりましたわいなあ」

「——あっ……」

清吉の目が点になっていた。長者らと一緒にいて、住友の家訓などを述べていた老

体だとすぐに分かったのだ。その上で、千寿自身が、町場のあちこちで物乞いの格好をして、地べたから世相を見ていたことを話した。

「そういうこっちゃ、清吉さん……悪いことをしたら、あかん……どうする」

「…………」

「さっきも言うたが、幸い燃えたのは材木だけや。後は、どないでもなる。何処かで失火があったで済む。あんたに金で雇われた遊び人かて、捕まれば死罪や。火炙りや」

鉄次郎の言葉に、清吉はぶるぶると震えはじめた。怒りなのか後悔なのか、分からない震えが全身に広がっていた。

「な……じっくり考えてくなはれ……」

千寿がそう付け足した。そして、清吉の顔をじっと見つめながら、

「火事になったことも考えて、この町に関わった長者たちは、万が一の〝講〟も立てておるから、鉄次郎さんの言うとおり、材木はなんとでもできる。悪い噂を取り除くのは大変やが……なんとか、できる。どや、清吉さん……鉄次郎の気持ちを考えてやれ」

「…………」

清吉は一言も返さず、慟哭《どうこく》して肩を震わせていた。

七

それから、しばらくして、清吉は兵庫に移り住んだ。通商条約の影響で、いずれ開港するだろうことを受けて、『泉屋』の代理として赴任したのである。

おみなの体調は悪くなったわけではないが、やはり大坂よりも有馬の方が過ごしやすかろうということで、また湯治に向かった。兵庫湊からは山を越えねばならぬが、清吉も見舞いに行きやすいとの配慮もあったのであろう。

もちろん、誰がどう話をつけたのか分からないが、千日前の銅吹所の話はすっかり立ち消えになって、鉄次郎たちの新しい町はもう一度、再建する方向で進みはじめ、半年が過ぎ、一年が過ぎた。

大坂城代も、大老が井伊掃部頭《かもんのかみ》直弼になってから、丹波《たんば》亀山《かめやま》藩主の松平豊前守《ぶぜんのかみ》信義《のぶよし》に替わっていた。井伊直弼の姻戚関係にあったからで、いわゆる〝安政の大獄〟にも大いに協力していた。この間、吉田松陰や橋本左内、頼三樹三郎やらは斬罪、梅田雲浜は獄死、一橋慶喜や松平春嶽など幕府の中でも隠居や謹慎という時代が続いていた。

「なんや、今となっては、土屋様の方が、ぬるくてよかったですな」

季兵衛は、再開した千日前の件について、色々と面倒なことを城代から言われて、呼び出されるのが面倒で敵わなかったのだ。

「まあ、火事のこともあったさかいな。幕府の方も用心したいのやろ」

鉄次郎はなんとか、継続できるようにと努力するつもりだが、たしかに土屋と違って松平は徳川一門でもあるし、

――厄介《やっかい》やなぁ……。

というのが正直なところだった。

「それにしても、若旦那……千日前の失火、また起きたらたまりませんから、しっかりと見廻りもうちでやらなあきまへんな」

清吉が遊び人に付け火をやらせたことは、季兵衛たち店の者にも黙っていた。千寿との内緒で済ませていたのである。

そして、千日前の見廻りには、立売堀の段五郎が買って出て、不審火は始末し、万が一、付け火をするような輩がいたら、事前に懲らしめるなど、特に夜廻りを徹底していた。その甲斐《かい》があって、再建の普請もどんどん進んだものの、今度は借り手、入

り手が尻込みをしてしまい、思うように物事は運ばなかった。

「若旦那……結局、うちは赤字のまんまでっせ……こんな普請請負問屋みたいなことまで手を広げたから、あかんちゃいまっか。材木売るだけに戻しましょうや」

算盤《そろばん》を弾きながら、真剣に季兵衛は考え直すときがきたと進言した。

「そやな……けど、儂はきっと、あの辺りはいずれ栄えると思うてる。根気ようやってたら、ええんとちゃうかな」

「けど、若旦那……」

「もし、材木を扱うだけでええんなら、それでも儂はかまへん。季兵衛さんが好きなようにやったらええがな。借金は仰山《ぎょうさん》残ってるけれど、無駄な借金とは違う」

「無駄じゃない借金なんぞ、ありまっかいな」

呆れ顔になる季兵衛に、鉄次郎は何の余裕があるのか、笑顔になって、

「そんなことより、季兵衛さん」

「なんでっか……」

「この前、千寿さんらとも話してたのやが、これからの世の中について、儂はふたつばかり気がかりなことがあるのや」

「気がかりなこと？」

「ああ。早晩、異国と交易をするようになるやろ。そしたら、幕府がなくなるかもしれへん。そうなると新しい〝幕府〟みたいなんがでけて、違う世の中になる。そうすると、一番、困るのが……」

「困るのが？」

「金や」

「かね……お金でっか」

「新しい世の中になったら、当然、違う貨幣になるやろ。今は、江戸の金遣いと上方の銀遣いで均衡を保ってるが、そのうちどっちかになるかもしれへん。そのときに、損にならんよう、気をつけとかなあかんな」

「たしかに、そうでんな……金にして置いてた方がええかもしれまへんな」

鉄次郎は頷いた。古今東西を問わず、金は最も貴重なものだからだ。

「それから、もうひとつ……鉄やがな」

「鉄……」

「ああ。出雲のヤマタノオロチを出すまでもなく、この国は金銀銅は言うまでもないが、鉄で栄えてきたと言うても過言ではないやろ。儂も大坂にある鉄鍋の鋳造所を見させて貰《もろ》うたが、やっぱり凄いもんやなあと改めて思うた」

「それが、なんどす？」

「うちでも、鉄を扱おうと思うてな」

「鉄……？」

「ただ鉄の板や棒、鍋や釜《かま》を売るのやないで、できれば鉄の船を造るのや」

「そ、そんなアホな……」

季兵衛はまったく絵空事にしか思えなかった。しかし、鉄次郎は、古来より伝わる〝たたら〟という製鉄技術によって、充分、対応できるのではないかと言うのだ。

そもそも、日本は縄文時代から、鉄の生産がされており、弥生時代には、鉄器が加工されていたとされ、古墳時代後期には本格的になったと言われている。土製の炉に木炭と砂鉄を入れて鉄を作り出す〝たたら製鉄〟の技術が生まれたのだ。

たたら製鉄では、砂鉄の採取から、たたら炭を造ったり、築炉をしたりと、鉄を造るまでに沢山の工程があるのだが、様々な方法で、叩いても折れないような日本刀が生まれたように、強い鉄製品が作られてきたのだ。たたらは、

――一釜、二土、三村下《むらげ》。

と言われ、築炉の良し悪しが、鉄の出来を決定したという。村下とは、操業責任者というところか。

炉の底に鉧《けら》とよばれる鋼の塊ができると、炉の側壁はギリギリまで薄くなり、これを壊して、鉧塊を引き出すのだが、鉧塊は不均質であるから、加熱と鎚打ちを繰り返して、錬鉄にしていく。粗銅から棹銅にしていく過程に似ているのだ。

銅を扱っていた鉄次郎は、鉄が扱えないわけがないと自負をしていた。もちろん、たかが一介の鉱夫に過ぎなかったが、あらゆる工程には練達していたつもりである。

考えてみれば、自分たちが使っていた玄翁《げんのう》や鑿《のみ》も、優れた製鉄術があってのことだ。

「儂はな、季兵衛……あの千日前の火事跡で見た、鎧兜と刀の、あまりにも堂々と残っていた姿が忘れられんのだ。あの大火の中で、不動の力でなあ……そやから、いっぺん、出雲の鉄師の所に訪ねて、学んでみようと思うねん。聞いた話では、別子と同じように、山の谷間に、高殿や元小屋、米倉から炭小屋までがあって、銅山と似たようなことをしていると思うから、それをこの目で見て、学んで来たいのや」

火を扱う製鉄や鍛冶《かじ》などを生業《なりわい》とする人々の守り神は、火の神で、高天原《たかまがはら》から色々な土地に降りて、鍋、釜などの鋳造の技術を教えたという。

「その神様に、儂もあやかりたい」

たたら製鉄には、〃鉧《けら》押法〃と〃銑《ずく》押法〃、それに〃庖丁鉄製造法〃の三つがあるが、この時代、伊豆《いず》代官をはじめ、佐賀藩、薩摩藩、水戸藩、萩《はぎ》藩などでは、洋式の鉄砲を真似て、反射炉で鋳造されはじめていた。鉄製であっても材質を均一に砲身を鋳造する事が可能になったのである。

船体造りも同様にできるのではないかと、鉄次郎は考えていたのである。むろん、大砲は、近海に出没する異国船を追っ払うものだったが、これまでの日本の技術では、大型の大砲を造るのは難しかった。しかし、伊豆韮山《にらやま》代官の江川英龍《えがわひでたつ》が、オランダの技術書をもとに、江戸の自宅に小型の反射炉を造り、さらに、佐賀藩とともに伊豆に反射炉を完成させた。これらは、すでに稼働しているのだ。

それらも見てみたいが、幕臣でもなく、学者でもなく、ただの商人に過ぎない鉄次郎には無理な話である。

そんな話をしていたところへ――。

大坂城の役人が訪ねて来た。京橋口定番の羽間五郎右衛門である。しかし、今日は、仰々しい陣笠陣羽織という捕物出役の姿で、与力や同心を従えていた。

「一体、何のお調べでございましょう」

と鉄次郎は店で出迎えたが、問答無用で縄をかけられ、与力や同心たちは店の中に押し込んで、ガサガサと激しい音をさせて、屋内を荒らしはじめた。

まるで、押し込み強盗のようなやり口に、鉄次郎は思わず、

「何をしますのや、羽間様!」

と大声を発したが、数人に押さえつけられたまま、身動きひとつできなかった。手代や丁稚などがおろおろするのが、鉄次郎の目には見えていた。

しばらくすると、誰か与力の声が響いた。

「ありました! ありましたぞお!」

何のことだか分からぬまま、鉄次郎は引っ立てられて、大坂城の京橋口から入ってすぐの所にある吟味所に連れていかれた。ここは町奉行所で裁きのつかなかった兇悪な事件を犯した者や政事犯が取り調べられる所で、よほどの事がないと、〃無実〃で終わらされることはない。

「一体、何なのでございます。訳をお教え下さい、訳を!」

と声を荒らげると、葵《あおい》の御紋のある白綸子《りんず》の羽織を着た、いかにも殿様然とした侍が壇上に現れた。

大坂城代の松平豊前守である。

お白洲ではないが、鉄次郎は明らかに罪人の扱いだった。

「ほう……おまえが、『丹波屋』鉄次郎という輩か」

「輩呼ばわりされる謂《いわ》れはありませんが」

「黙らっしゃい！　先任の土屋采女正殿より、したたかな商人だと聞いておる。おまえは、かなりの〝人たらし〟で、大坂中の長者を味方につけて、幕府の土地で勝手に商売をする町を造っているそうだな」

「勝手などと……あれは、きちんと土屋様と話をもって……」

「土屋殿は、おまえたちにまんまと騙されたと言うておった。まさか、幕府に弓引く輩とは、思うてもみなかった、ともな」

「！……何のことです」

「ふん。惚《とぼ》けるのも大概にせい」

鉄次郎は本当に何も後ろめたいことはしていないと、声を張り上げた。

「ならば、これはなんじゃ」

控えている役人が、例の鉄船の〝設計図〟を広げた。『丹波屋』の屋敷内で探していたのは、この絵図面だったのである。

「!?――」

「申し開きができるか。これは、おまえとは仲間の、研市から預かった。そうであろう。知らぬとは言わせぬぞ」

「…………」

「研市は、幕府内の獅子身中《しししんちゅう》の虫どもの繋ぎ役として働いておった節がある。しかも、異国船で海外に出ていったとの報せもある。おまえは、それにも荷担していたかッ」

「…………」

「さあ、どうだ。『丹波屋』！」

松平に大声で怒鳴られて、鉄次郎は仕方なく、そうです、と言って覚悟を決めた。

ほんの一瞬、

──あんな奴のために……。

という思いが過《よぎ》ったが、すぐ俎板《まないた》の鯉《こい》のように、鉄次郎は居直った。

「そうです。研市が置いていきました」

「これは、エゲレスの船の製造法を書いたもので、もちろん禁書だ。これを所持しているだけで、おまえは牢獄行きだ。分かるな、自分のしたことが」

「……私は、大型船も造りましたが、この異国の船は凄いと思いました。これからは、幕府もかような船を持たねば、異国と戦えぬと思いました」

「片腹痛い！　おまえは幕府が異国との和議のために通商条約を結んだのを、何だと思うておるのだ！　日本の湊を開いたのは、戦をするためではない！」

「……私も、そういうつもりで言ったのではありません。でも、いつか、幕府も大きな鉄の船を造るために、鉄を造る大掛かりな炉なども……」

「黙れ！　言い訳はよい。大坂の適塾の連中とも関わりあるそうだなッ。貴様も、幕府に逆らう不穏の輩として処刑するゆえ、覚悟せい。引っ立てろ！」

怒りのままに部下に命じたとき、別の役人が数人、ドヤドヤと吟味所の表の廊下まで駆けつけてきた。

「ご城代！　ご城代！　一大事にござりまする！」

「なんだ、かような時にッ」

苛立って振り返ると、身分の高そうな裃《かみしも》姿の役人が数人、ずらりと控えて、

「驚きめされますな、ご城代！　たった今、江戸の使者より、報せが入りました」

「なんじゃ」

「御大老、井伊掃部頭様が……井伊直弼様が、江戸城桜田門《さくらだもん》外にて、凶賊に討ち取られたとのことでございます」

「な……なんじゃと……もう一度、申してみよッ」

「御大老の井伊様が、桜田門外にて、み、水戸藩の浪士十数人に討ち取られ……御命を落としたそうにございますッ」

最後の方の言葉は、もはや松平の耳には届いていなかった。ただ、幕府の大老が殺された。しかも、江戸城の目の前で、水戸浪士に襲われて殺されたという言葉が、がんがんと頭の中を打ちながら繰り返されていた。

それから、すぐに——。

松平は鉄次郎をギラリと見やると、

「立ち去れ……ええい、目ざわりじゃ、出て行け！」

と怒鳴りつけた。

鉄の船の絵図面は奪われたものの、鉄次郎は城から放り出された。幕府の最高権力者が暗殺されたのだ。鉄次郎ごときを相手にしているときではなかった。大坂城内は蜂の巣を突いたかのような大騒ぎになっているであろう。

船場の通りのど真ん中に立った鉄次郎は、

——九死に一生を得た。

とばかりに、ほっと息をついたものの、なんだか可笑《おか》しくなって、大笑いをした。

鉄の船の絵図面は描き写して、蔵の奥の隠し棚にしまってある。いつか役に立つ日、もくるであろう。

大老の死によって、一気に世の中の形勢も変わってくるような気がする。そのことが、鉄次郎はなんとなく、わくわくして嬉しかった。本当に鉄の船が造れるのではないか。これからは、材木よりも鉄板や鉄骨が重用されるのではないか。そう考えるだけで、心の中に、大きな入道雲が湧《わ》いてきた。

幕府が、勘定奉行の小栗忠順《おぐりただまさ》の進言によって、横須賀《よこすか》に製鉄所を造るのは、まだ数年先のことである。その後、造船所になるのは、さらに数年先のことだ。

「ワッハッハ！　ワッハッハ！　もしかすると、もしかするで！　この世の中は変わるでえ、皆の衆！　ワッハッハ！」

腹を抱えたり、反《そ》っくり返ったりしている鉄次郎の姿を見て、往来する人々は、頭がおかしくなったのではないかという目で見ながら通り過ぎた。

驚いた番頭や手代たちも駆けつけてくる。

だが、鉄次郎は大笑いをやめることはなかった。

難波の風が吹く、真っ青な空を見上げて、いつまでも腹の底から笑い続けていた。

一〇〇字書評

千両船

切・り・取・り・線

購買動機（新聞、雑誌名を記入するか、あるいは○をつけてください）	
□（　　　　　　　　　）の広告を見て	
□（　　　　　　　　　）の書評を見て	
□ 知人のすすめで	□ タイトルに惹かれて
□ カバーが良かったから	□ 内容が面白そうだから
□ 好きな作家だから	□ 好きな分野の本だから

・最近、最も感銘を受けた作品名をお書き下さい

・あなたのお好きな作家名をお書き下さい

・その他、ご要望がありましたらお書き下さい

住所	〒				
氏名		職業		年齢	
Eメール	※携帯には配信できません	新刊情報等のメール配信を 希望する・しない			

この本の感想を、編集部までお寄せいただけたらありがたく存じます。今後の企画の参考にさせていただきます。Eメールでも結構です。

いただいた「一〇〇字書評」は、新聞・雑誌等に紹介させていただくことがあります。その場合はお礼として特製図書カードを差し上げます。

前ページの原稿用紙に書評をお書きの上、切り取り、左記までお送り下さい。宛先の住所は不要です。

なお、ご記入いただいたお名前、ご住所等は、書評紹介の事前了解、謝礼のお届けのためだけに利用し、そのほかの目的のために利用することはありません。

〒一〇一‐八七〇一
祥伝社文庫編集長　坂口芳和
電話　〇三（三二六五）二〇八〇

祥伝社ホームページの「ブックレビュー」からも、書き込めます。
http://www.shodensha.co.jp/bookreview/

祥伝社文庫

千両船《せんりようぶね》 幕末繁盛記《ばくまつはんじようき》・てっぺん

平成24年10月20日　初版第1刷発行

著　者　井川香四郎《いかわこうしろう》

発行者　竹内和芳

発行所　祥伝社《しようでんしや》
東京都千代田区神田神保町3-3
〒101-8701
電話　03（3265）2081（販売部）
電話　03（3265）2080（編集部）
電話　03（3265）3622（業務部）
http://www.shodensha.co.jp/

印刷所　萩原印刷
製本所　ナショナル製本
カバーフォーマットデザイン　中原達治

 ISBN978-4-396-33800-8 C0193

祥伝社文庫の好評既刊

井川香四郎
てっぺん
幕末繁盛記

持ち物はでっかい心だけ。四国の銅山からやってきた鉄次郎が、幕末の大坂で〝商いの道〟を究める!?

井川香四郎
秘する花
刀剣目利き　神楽坂咲花堂①

神楽坂の三日月での女の死。刀剣鑑定師・上条《かみじょう》綸太郎は女の死に疑念を抱く。綸太郎の鋭い目が真贋を見抜く！

井川香四郎
御赦免《ごしゃめん》花
刀剣目利き　神楽坂咲花堂②

神楽坂咲花堂に盗賊が入った。同夜、豪商も襲い主人や手代ら八名を惨殺。同一犯なのか？　綸太郎は違和感を…。

井川香四郎
百鬼の涙
刀剣目利き　神楽坂咲花堂③

大店の子が神隠しに遭う事件が続出するなか、妖怪図を飾ると子供が帰ってくるという噂が。いったいなぜ？

井川香四郎
未練坂
刀剣目利き　神楽坂咲花堂④

剣を極めた老武士の奇妙な行動。上条綸太郎は、その行動に十五年前の悲劇の真相が隠されているのを知る。

井川香四郎
恋芽吹《めぶ》き
刀剣目利き　神楽坂咲花堂⑤

咲花堂に持ち込まれた童女の絵。元の持主を探す綸太郎を尾行する浪人の影。やがてその侍が殺されて…。

祥伝社文庫の好評既刊

井川香四郎
おかげ参り
天下泰平かぶき旅②

財宝を求め、伊勢を目指す泰平。遠江《とおとうみ》国では満月の夜、娘を天神様に捧げる掟が……。泰平が隠された謀《はかりごと》を暴く！

井川香四郎
花の本懐
天下泰平かぶき旅③

娘の仇討ちを助けるため、尾張から紀州を辿るうち、将軍の跡目争いに巻き込まれて!? 果たして旅路の結末は？

風野真知雄
勝小吉事件帖

勝海舟の父、最強にして最低の親ばか小吉が座敷牢から難事件をバッタバッタと解決する。

風野真知雄
罰《ばち》当て侍

赤穂浪士ただ一人の生き残り、寺坂吉右衛門。そんな彼の前に奇妙な事件が舞い込んだ。あの剣の冴えを再び…。

山本一力
大川わたり

「二十両をけえし終わるまでは、大川を渡るんじゃねえ…」博徒親分と約束した銀次。ところが…。

山本一力
深川駕籠

駕籠《かご》舁き・新太郎は飛脚《ひきゃく》、鳶《とび》といった三人の男と深川から高輪の往復で足の速さを競うことに—道中には色々な難関が…。

祥伝社文庫　今月の新刊

渡辺裕之　**傭兵の岐路**　傭兵代理店外伝
新たなる導火線！ 闘いを終えた男たちの行く先は……

西村京太郎　**外国人墓地を見て死ね**　十津川警部捜査行
墓碑銘に秘められた謎――横浜での哀しき難事件。

柴田よしき　**竜の涙**　ばんざい屋の夜
人々を癒す女将の料理。ヒット作『ふたたびの虹』続編。

谷村志穂　**おぼろ月**
名手が描く、せつなく孤独な「出会い」と「別れ」のドラマ。

加藤千恵　**映画じゃない日々**
ある映画を通して、不器用に揺れ動く感情を綴った物語。

南　英男　**危険な絆《きずな》**　警視庁特命遊撃班
役者たちの理想の裏側に蠢く黒幕に遊撃班が肉薄する！

鳥羽　亮　**風雷**　闇の用心棒
謂われなき刺客の襲来。仲間を喪った平兵衛が秘剣を揮う。

小杉健治　**朱《しゅ》刃《じん》**　風烈廻り与力・青柳剣一郎
江戸を騒がす赤き凶賊。青柳父子の前にさらなる敵が！

辻堂　魁　**五《ご》分《ぶ》の魂**　風の市兵衛
金が人を狂わせる時代を、〝算盤侍〟市兵衛が奔る。

沖田正午　**げんなり先生発明始末**
世のため人のため己のため(?)新・江戸の発明王が大活躍！

井川香四郎　**千両船**　幕末繁盛期・てっぺん
大坂で材木問屋を継いだ鉄次郎、波瀾万丈の幕末商売記。

睦月影郎　**尼《あま》さん開帳**
見習い坊主が覗き見た、寺の奥での秘めごととは……